Weihnachten
Zeit der Wunder

*Nimm dir wenigstens einmal im Jahr Zeit dafür,
wieder Kind zu sein und an Wunder zu glauben!*

- Anne-Kerstin Busch

Anne-Kerstin Busch

Weihnachten
Zeit der Wunder

Bibliografische Information der Deutschen Nationalbibliothek:
Die Deutsche Nationalbibliothek verzeichnet diese Publikation in der Deutschen Nationalbibliografie; detaillierte bibliografische Daten sind im Internet über http://dnb.dnb.de abrufbar.

Copyright: © 2013 Anne-Kerstin Busch
Cover-Foto: © evgenyatamanenko - Fotolia.com
Porträt-Foto: Rosel Grassmann,
http://rosel-grassmann.de/

Herstellung und Verlag:
BoD – Books on Demand, Norderstedt

ISBN: 978-3-7322-8526-6

Inhalt

Vorwort 7
Überall auf der Welt gibt es Freunde 9
Eine Prise Liebe 13
Geschenke – Ein Zeichen der Liebe? 22
Manchmal kommt es anders als man denkt ... 33
Der Traum in deinem Herzen 44
Das geheimnisvolle Geschenk 50
Ein Fall für Engel Sarah 55
Eine überraschende Weihnachtsbotschaft 74
Es gibt immer einen Weg 80
Alarm auf dem Weihnachtsmarkt 86
Danksagung 104
Die Autorin 105
Bonustrack: Schreibinspirationen 107

Geschichtenerzähler waren in vielen Kulturen immer schon sehr wichtig. Warum? Menschen brauchen Geschichten, denn Geschichten können sie dazu inspirieren, ihr Leben zu verändern.

- Anne-Kerstin Busch

Vorwort

Liebe Weihnachtsgeschichten-Fans,

ich freue mich, darüber, dass ihr dieses Buch in den Händen haltet und darin lest. Weihnachtsgeschichten für die ganze Familie – für kleine Kinder, große Kinder und Menschen, die mit ihrem Inneren Kind verbunden sind! Manchmal zum Lachen, zum Nachdenken und um das Herz zu öffnen für die Liebe und die großen und kleinen Wunder im Leben.

Ihr könnt diese Geschichten in der Adventszeit lesen oder am Weihnachtsabend, wenn dann alle – hoffentlich ohne Stress – gemütlich zusammensitzen.

Wie sind diese Geschichten überhaupt entstanden? Vor neun Jahren leitete ich einen Schreibworkshop zum Thema „Schreiben Sie Ihre persönliche Weihnachtsgeschichte". In diesem Workshop ließ ich nicht nur die Teilnehmer Geschichten schreiben, sondern schrieb auch selbst eine. Diese Geschichte las ich dann meiner Familie und den anwesenden Freunden am ersten Weihnachtsfeiertag vor, wenn wir alle bei meinen Eltern um den großen Tisch herum saßen.

Seitdem habe ich jedes Jahr zu Weihnachten eine neue Geschichte geschrieben und vorgelesen und alle waren immer ganz neugierig darauf, welche Geschichte ich wieder im Gepäck hatte. Jetzt ist die Zeit dafür gekommen, dass diese Geschichten hinaus in die Welt gehen, damit mehr Menschen daran teilhaben können. Dass auch ihr euch damit die Zeit bis Weihnachten verkürzen könnt.

Ich wünsche euch viel Freude beim Lesen, wenn ihr euch auf die Reise begebt zu den Wundern, die gerade in der Weihnachtszeit manchmal möglich sind.

Anne-Kerstin Busch, Mainz 2013

Überall auf der Welt gibt es Freunde

„Hatschi! Ausgerechnet jetzt bin ich erkältet." Der Weihnachtsmann griff nach einem großen, weißen Taschentuch.

Wie jedes Jahr an Heiligabend wollte er von den Sternen zu den Kindern auf die Erde reisen und ihnen die Geschenke bringen. Doch dieses Jahr fror er und hatte eine rote Nase. „Hatschi!" Schon wieder musste er niesen. Nein, das hatte wirklich keinen Zweck. Er würde ja mit seinem Niesen überall die Kerzen auspusten und die Leute würden sich wundern, warum es plötzlich so dunkel war.

Marie schaute erwartungsvoll in die Schneeflocken. Endlich, heute war der Tag, an dem der Weihnachtsmann mit den Geschenken kommen würde. Ob wohl etwas von ihrer Wunschliste dabei war?

Die Eltern waren in die Kirche gegangen. Marie wollte zu Hause bleiben. Diesmal würde sie den Weihnachtsmann nicht verpassen, wenn er mit seinem Schlitten durch die verschneiten Straßen fuhr. Doch es wurde später und später und der Weihnachtsmann war immer noch nicht zu sehen. Sonst hatte sie doch wenigstens die Glöckchen gehört, wenn er mit seinem Schlitten in die Straße einbog. Wo blieb er diesmal nur?

Der Weihnachtsmann schaute durch sein großes Fernrohr auf die Erde. „Die Kinder werden ganz traurig sein, wenn ich dieses Jahr nicht komme", sagte er zu sich.

Da sah er die kleine Marie, wie sie am Fenster stand und wartete. „Wie jedes Jahr und doch hat sie mich noch nie gesehen", murmelte er vor sich hin. Ja, die kleine Marie aus Sunderlöh. Und dann sah er noch Jan aus Mehringhausen. Auch er stand erwartungsvoll am Fenster und Joyce aus Bright City. Alle warteten sie nur auf ihn. „Hatschi!" Er musste sich etwas ausdenken, damit dieses Weihnachten für die Kinder doch noch ein schönes Fest werden würde.

Da kam ihm eine Idee: „Moment mal. Wozu hat man Freunde? Sunderlöh liegt am Meer. Dort wohnt die Meerjungfrau Josephine. Wenn ich ihr Flügel verleihe, dann kann sie zu den Kindern fliegen. In Mehringhausen habe ich den Zwerg Lustig. Er macht das bestimmt gerne für mich. Und in Bright City? Da habe ich Mr. Gring, den Buchhändler. Ihm gehört der Laden der geheimnisvollen Geschichten. Letztes Jahr habe ich ihm geholfen, eine Weihnachtsgeschichte zu schreiben."

Wie gut, wenn man überall auf der Welt Freunde hat. Der Weihnachtsmann seufzte erleichtert. Schnell ging er an sein Himmelspostfach und verschickte die Briefe an seine Freunde auf der

Erde. Natürlich schrieb der Weihnachtsmann keine normalen Briefe. Nein, er sendete einfach Lichtstrahlen an seine Freunde. Vor langer Zeit schon hatte er mit ihnen vereinbart, wenn er blaues Licht sandte, dann brauchte er Hilfe.

Und so geschah es, dass Mr. Gring gerade dabei war, einem Kunden ein Buch einzupacken, als er plötzlich vor dem Schaufenster seines Ladens einen hellblauen Lichtstrahl sah. Zwerg Lustig hatte es sich gerade in seiner kleinen Hütte vor dem Kamin gemütlich gemacht und war ein bisschen eingeschlafen, als ihn ein blaues Licht weckte.

Und auch Josephine sah das Licht in ihrer Unterwasserstadt, als es sich im Meer spiegelte.

Blitzschnell antworteten Mr. Gring, Zwerg Lustig und die Meerjungfrau dem Weihnachtsmann. Natürlich wollten sie ihm alle helfen.

Josephine, die Meerjungfrau, stieg aus dem Wasser und ging an den Strand. Sie schickte einen Lichtstrahl mit der Antwort zurück: „Danke, Weihnachtsmann, dass ich dir helfen kann. Letztes Jahr hast du mir geholfen. Als meine Flossen kaputt waren, hast du auf dem Lichtstrahl Energie geschickt und ich wurde geheilt. Nun kann ich dir helfen." Josephine sah, wie ihr Flügel wuchsen. Auch Zwerg Lustig freute sich darauf, dem Weihnachtsmann zu helfen. Im Jahr zuvor hatte dieser ihm nämlich die Hütte geschenkt, damit er es im

Winter trocken und warm hatte. Und Mr. Gring? Er machte die Kinder gerne glücklich, denn in seinem Laden hatte er vieles, was Kinder liebten und er liebte es, Kindern Geschenke zu machen.

Hatte es da nicht eben geklingelt? Jan aus Mehringhausen rannte aufgeregt aus seinem Kinderzimmer und die Treppe hinunter zur Haustür. Doch als er die Tür öffnete, sah er nur einen großen dicken Sack voller Geschenke. Von Zwerg Lustig war weit und breit keine Spur mehr.

Joyce aus Bright City kam mit ihren Eltern vom Weihnachtsgottesdienst und stolperte fast über den Sack, den Mr. Gring vor der Haustür abgestellt hatte.

Und Marie aus Sunderlöh? Sie stand immer noch am Fenster und wartete. Doch was war das? Jetzt hörte sie die Glöckchen. „Endlich kommt der Weihnachtsmann", sagte sie. Doch es war wie jedes Jahr. Wieder sah sie ihn nicht. Wenn sie ihn gesehen hätte, dann wäre sie auch sicher erstaunt gewesen, dass eine fliegende Meerjungfrau die Geschenkte brachte.

Eine Prise Liebe

Drei Tage vor Weihnachten schien es, als wäre in Schneehausen alles so wie sonst. Es hatte geschneit, die Menschen hetzten trotzdem durch die Stadt, um noch letzte Geschenke für ihre Lieben zu ergattern und so mancher schimpfte über die langen Schlangen an den Kassen der Supermärkte, der Buchläden, der Geschenkläden, der Boutiquen. Auch Marlene war unter den Menschen, die durch die Stadt rannten, von Geschäft zu Geschäft, um das ultimative Weihnachtsgeschenk für ihre Freundin zu finden.

Es dämmerte schon langsam und die Straßenlaternen warfen ihr Licht auf die verschneiten Gehwege, als Marlene sich der Buchhandlung näherte. „Was ist denn da los?" murmelte sie zu sich selbst. Eine große Menschenansammlung stand dort und blockierte die Ladentür. Und dann hörte sie es: Der Bürgermeister hielt eine Rede.

Nun, dieser Bürgermeister war gerade erst vor Kurzem gewählt worden, nachdem der alte Bürgermeister, der Jahrzehnte lang die Geschicke der Stadt geführt hatte, zu alt geworden war. „Seltsam, eine Rede des Bürgermeisters, jetzt so kurz vor Weihnachten?" Marlene wunderte sich und sie wunderte sich noch mehr, als sie die folgenden

Worte hörte: „Ab sofort ist es per Gesetz verboten, an Weihnachten etwas zu schenken und Geschenke anzunehmen. Alle gekauften Geschenke müssen im Stadthaus persönlich abgegeben werden. Alles Geld, das für Geschenke ausgegeben wird, fließt ab sofort in die Stadtkasse!" Die Menschenmenge rief empört, ob der Bürgermeister noch alle Tassen im Schrank hätte. Manche nahmen Schneebälle und versuchten den Bürgermeister damit zu attackieren, doch er wich den Schneebällen immer geschickt aus.

„Spinnt der? Was soll denn das?" Weihnachten ist doch das Fest der Liebe und Geschenke sind Liebe!" Marlene war wütend, als sie das hörte. „An Heiligabend wird es Kontrollen geben, es kommen Kontrolleure vorbei, die schauen, ob bei Ihnen Geschenke unter dem Weihnachtsbaum liegen. Wer sich nicht an das Gesetz hält, der muss eine hohe Strafe zahlen." Der Bürgermeister redete sich immer mehr in Fahrt und die Menge wurde immer aufgebrachter. „Wir besetzen das Rathaus!" riefen einige.

Nur Joyce, ein Mädchen von ungefähr sechs Jahren spielte ungerührt im Schnee. Sie war plötzlich da, keiner wusste, woher sie kam. Jeden, den sie traf, lächelte sie an. Menschen, die vorher traurig waren, wurde es ganz warm ums Herz, wenn sie Joyce begegneten. Nur der Bürgermeister beachtete sie nicht. Während er seine Rede hielt, malte er sich nämlich innerlich schon sein neues Design-Büro im Rathaus aus, das er sich von dem Geld, das sonst alljährlich bei den Familien von Schneehausen in die Weihnachtsgeschenke floss, finanzieren wollte. „Ha, endlich ein standesgemäßes Büro für die wichtigste Person von Schneehausen."

Marlene stand ratlos da, als sie die Rede des Bürgermeisters hörte. „Soll ich jetzt wirklich keine Geschenke mehr kaufen?" Julia, ihre kleine Tochter hatte sich schon so auf ihr neues Puppenhaus gefreut. Und all die anderen, Peter, ihr Mann, die Oma und Tante Inga. Doch was wäre, wenn der Bürgermeister seine Drohungen wahr machen würde. „Vielleicht sollte ich…", überlegte sie.

In diesem Moment rannte Jo Schnell, die bekannte Fernsehreporterin von Kanal 2 sie fast um. Eigentlich hieß sie ja Johanna, aber diesen Namen fand sie viel zu altmodisch und so wurde „Jo" daraus. „Haben Sie das gehört?" „Das ist ja unerhört", rief sie und bahnte sich einen Weg durch die Menschenmenge zum Bürgermeister. Als dieser sie kommen sah, wollte er flüchten, denn Jo Schnell war für ihre scharfe Zunge bekannt. Alle Politiker im Stadtrat fürchteten sie. Denn sie war schon oft dahinter gekommen, wenn Dinge vertuscht wurden oder Gelder zweckentfremdet verwendet wurden. Und wen sie erst einmal am Wickel hatte, den verfolgte sie bis vor die Haustür, auf der Suche nach einem Skandal.

„Ausgerechnet, die!", der Bürgermeister fasste sich an seinen Kopf und kratzte sich seine Halbglatze.

Joyce stand immer noch da und beobachtete die Menschen. Wie sie wütend waren, wie sie trotz allem in den Buchladen rannten und etwas kauften und es sich dann eben nicht als Geschenk einpacken ließen, um zu vertuschen, dass es doch eines war. Und sie sah noch mehr: Sie spürte, was jeder in seinem Herzen trug. Marlene ging kurz an ihr vorbei und sie sah, dass ihr Herz golden leuchtete. Ein paar Jungs kamen vorbei und lachten und es wurde ihr warm ums Herz. Doch das Herz des Bürgermeisters sah aus, als wäre es schon vor Urzeiten zu Stein geworden und das erschreckte Joyce. Was niemand wusste, der Rat der Engel hatte sie nach Schneehausen geschickt.

Jedes Mal um die Weihnachtszeit kamen die Engel in die Städte und Dörfer auf der Erde. Aber sie verkleideten sich, so dass sie unerkannt wirken konnten. So konnte es sein, dass die Verkäuferin im Schuhgeschäft in Wirklichkeit ein Engel war. Natürlich gab es auch männliche Engel. Manche von ihnen kamen als Weihnachtsbaum-verkäufer auf die Erde. Andere Engel arbeiteten vielleicht als Taxifahrer, als Briefträger oder auch als Musiker.

Vielleicht sogar als Lehrer. Manche Engel kamen auch verkleidet als Kinder, so wie Joyce. Engel konnten sich überall verstecken und man konnte sich fast sicher sein, dass man einem Engel begegnete, wenn man auf die Straße ging.

Die Rede des Bürgermeisters war auch auf Kanal 2 übertragen worden und Jo Schnell hatte anschließend in ihrem Kommentar angekündigt, dass sie genau untersuchen würde, warum der Bürgermeister so absurde Gesetze erließ.

Ja, es gab nur einen Fernsehsender in Schneehausen, das war der Kanal 2. Vor ein paar Wochen hatte es noch den Kanal 1 gegeben, doch dann hatte Jo Schnell herausgefunden, dass dort nur das Wunschprogramm des Bürgermeisters gesendet wurde.

Der Bürgermeister hatte die einflussreichen Menschen dort bestochen, damit nur noch die Nachrichten verbreitet wurden, die der Bürgermeister verbreiten wollte, und so musste der Kanal 1 seine Pforten schließen.

Mittlerweile war es Nacht geworden und Joyce traf sich mit ein paar anderen Engeln, um zu überlegen, was sie tun könnten. Weihnachten ohne Geschenke, das ging schließlich nicht. Sie redeten die halbe Nacht, bis Joyce eine Idee hatte.

Dann war der Tag vor Heiligabend da. Joyce machte sich am Abend auf den Weg zu dem Haus, in dem der Bürgermeister wohnte. Durch die erleuchteten Fenster konnte sie sehen, dass er ganz alleine war. Er zählte gerade das Geld, das die Leute als Strafe gezahlt hatten, dafür, dass sie doch Weihnachtsgeschenke gekauft hatten. Doch er wirkte nicht froh dabei. Dann stand er auf und nahm ein Bild in die Hand, auf dem er zusammen mit einer Frau zu sehen war. Und jetzt weinte er tatsächlich. Joyce klopfte ans Fenster. Der Bürgermeister sprang auf und wollte die Gardinen zuziehen. Er hatte Angst, dass es Jo Schnell war. Doch da war nur Joyce mit ihrem strahlenden Lächeln und einem Herz voller Liebe. Der Bürgermeister öffnete die Terrassentür. „Wer bist du?", fragte er. „Ich bin Joyce, ein Engel, ich bin gekommen, um dir eine Prise voller Liebe zu schenken."

In diesem Moment spürte der Bürgermeister, wie es ihm warm ums Herz wurde. Wieder fing er an zu weinen. „Warum möchtest du, dass die Menschen sich nichts mehr schenken dürfen?", fragte Joyce, während sie beobachtete, dass der Stein im Herzen des Bürgermeisters sich langsam auflöste. „Ich w…wollte mir ein De … Design-Büro im Rathaus m…machen", stotterte der Bürgermeister. Ich habe doch sonst nichts, was mich erfreut. Seitdem meine Frau mich mit meiner kleinen Tochter letztes Jahr kurz vor Heilig Abend verlassen hat, habe ich gedacht, der einzige Weg, wieder Freude zu haben ist, wenn ich mir all die Dinge kaufe, die ich haben will. Und da ich als Bürgermeister über eine gewisse Machtstellung verfüge, war es leicht, die Bürger unter Druck zu setzen, um zu Geld zu kommen. Joyce, ich bin so traurig, dass ich so alleine bin. Ich weiß jetzt, dass es der falsche Weg war, um mein Herz mit Freude zu erfüllen, denn es wurde dadurch zu Stein. Ich verspreche dir, dass ich das dämliche Weihnachtsgeschenke-Verbotsgesetz rückgängig mache." Wieder schenkte Joyce dem Bürgermeister eine Prise Liebe aus ihrem Herzen.

In diesem Moment klingelte es an der Tür. „Oh, das ist bestimmt Jo Schnell, rief der Bürgermeister unruhig. „Joyce ging zur Tür und öffnete sie. Vor der Tür standen eine Frau und ein kleines Mädchen und als der Bürgermeister vorsichtig hinter Joyce um die Ecke lugte, füllte sich sein Herz vor Freude: „Carla, Anna, rief er. „Ihr seid zu mir gekommen." Glücklich umarmte er seine Frau und seine Tochter. „Ja, ein Engel war heute Morgen bei uns und hat uns gesagt, wir sollten zu dir fahren", erzählte Carla, seine Frau.

Dann klingelte es wieder und als Joyce jetzt öffnete, erblickte sie Jo Schnell, die gleich ein Kamerateam mitgebracht hatte. „Wo ist der Bürgermeister?", fragte sie und klang dabei ziemlich hektisch. Ich habe etwas über ihn herausgefunden. Er will sich ein Design-Büro…!" Joyce unterbrach sie:

„Frau Schnell, das ist Vergangenheit. Es wird kein Geschenke-Verbots-Gesetz mehr geben. Eine Prise Liebe kann Wunder bewirken und auch Ihnen schenke ich eine."

Ja, das ist ja…! Zum ersten Mal in ihrem Leben fielen Jo Schnell nicht die richtigen Worte ein. Doch sie fing sich schnell wieder und rief das Kamerateam ins Wohnzimmer des Bürgermeisters.

Und so kam es, dass in Schneehausen Nachrichten gesendet wurden, wie es sie noch nie gegeben hatte. Der Bürgermeister höchst persönlich erzählte, wie wichtig es sei, Liebe im Herzen zu haben und Entscheidungen im Leben immer mit dieser Liebe im Herzen zu treffen. Und Jo Schnell sagte, dass es ab jetzt immer erlaubt ist, Geschenke zu machen, denn Geschenke sind ein Zeichen der Liebe. Marlene war gerade dabei, Plätzchen zu backen, als sie die Nachrichten mit ihrem alten Küchenradio hörte. „Wie es wohl dazu gekommen war, dass der Bürgermeister seine Meinung geändert hatte? Manchmal geschehen doch noch Wunder, auch hier auf der Erde und auch in Schneehausen", dachte Marlene.

Sie war glücklich darüber, dass sie ihrem Herzen gefolgt war und die Geschenke nicht im Rathaus abgegeben hatte. Jetzt konnte sie Julia die Puppenstube schenken, ihrem Mann die Wellness-Massage, Tante Inga die Musik-CD, Oma die

Wolle für den neuen Pullover und ihrer Freundin das Buch, was sie sich schon so lange gewünscht hatte. Sie fragte sich noch längere Zeit nach Weihnachten, ob das wohl alles mit diesem kleinen Mädchen zu tun hatte, das sie neulich bei der Rede des Bürgermeisters gesehen hatte. Nun, möglich war es, aber sie würde es nie erfahren.

Wenige Wochen später wurde auch der Kanal 1 wieder eröffnet und ein verkleideter Engel wurde Intendant. Die wichtigste Sendung von Kanal 1 war ab jetzt nicht mehr das Bürgermeister-Wunschprogramm sondern die Sendung „Eine Prise Liebe."

Geschenke – Ein Zeichen der Liebe?

„Pass doch auf!" rief Jasmin. Zum wiederholten Male hatte sie jemand angerempelt, denn wie immer war es in der Stadt ziemlich voll, weil es einen Tag vor Heiligabend war. In beiden Händen trug Jasmin Tragetaschen mit Geschenken, von denen eine Tasche jetzt gerade in hohem Bogen in den Schneematsch fiel. „Verdammt noch mal", fluchte sie vor sich hin. „Jetzt sind die Geschenke ganz nass".

Schnell nahm sie die Tüte und rannte los, denn sie sah, dass der Bus, den sie nehmen wollte, um nach Hause zu kommen, gerade um die Ecke bog. Der nächste Bus würde erst wieder 30 Minuten später fahren. Zu spät für Jasmin, denn zuhause warteten Fred, ihr Mann und ihre Tochter Janina mit dem Mittagessen.

Während Jasmin rannte, schaute sie nur auf den Bus. Sie übersah einen Mann, der seine Geschenke vorsichtig mit beiden Händen vor sich her balancierte und stieß mit ihm zusammen. Der Mann erschrak, denn er konnte nicht mehr ausweichen, und so landete ein Teil der Geschenke auf der Straße. „Mensch, können Sie nicht aufpassen!" rief er ziemlich ungehalten. „Entschuldigung", stammelte Jasmin. „Ich war auf dem Weg zum Bus."

„Sie werden von mir hören!" brüllte der Mann. Er war immer noch ganz aufgeregt und raffte schnell die Geschenke zusammen, bevor die Autos sie mit Schneematsch bespritzen konnten.

Jasmin machte, dass sie schnell wegkam, bevor der Mann noch irgendetwas sagen konnte, doch ihren Bus bekam sie nicht mehr.

Als sie sich noch einmal umdrehte, war der Mann nicht mehr zu sehen. „Oh, da habe ich noch mal Glück gehabt", sagte sie erleichtert zu sich. Doch sie fühlte sich nicht wirklich wohl. Schließlich wusste sie ja nicht, ob die Geschenke, die der Mann trug, den sie angerempelt hatte, noch in Ordnung waren. Sie wurde ein bisschen traurig und dachte darüber nach, warum es gerade vor Weihnachten immer so stressig war, die Menschen so unfreundlich waren, ja und von Liebe überhaupt nichts zu spüren war.

Sie kam an einem Geschäft vorbei, wo ein Plakat prangte, auf dem stand: „Weihnachten – das Fest der Liebe: Machen Sie Ihren Lieben ein Geschenk." Sie schüttelte den Kopf. Zuhause warteten zwar ihre Tochter Janina und ihr Mann und beide liebte sie sehr. Aber waren es wirklich die Geschenke, die die Liebe zeigten?

Während sie so weiter ging, vergaß sie die Zeit. Sie vergaß, dass sie eigentlich zum Bus wollte und nach Hause wollte, wo ihr Mann und ihre Tochter schon auf sie warteten.

Langsam begann es schon zu dämmern. Inzwischen war sie am Fluss angelangt, wo auf einer Bank ein Mann saß. Neben ihm auf dem Boden lag ein weißer Hund, dessen Fell in der Dunkelheit schimmerte. Der Mann bat Jasmin, sich neben ihn zu setzen.

Er hatte einen langen weißen Bart und einen Sack neben sich liegen. „Fehlt nur noch das rote Gewand, dann würde ich ja glatt glauben, dass das der Weihnachtsmann ist", dachte Jasmin. Aber der Mann trug einen langen, blauen Umhang aus Samt, der mit Sternen verziert war.

„Ich habe gewusst, dass du kommst", sagte er und holte ein Geschenk aus seinem Sack. „Das hier ist für dich."

Das Geschenk war in blaues Papier mit goldenen Sternen eingepackt, die in der Dunkelheit leuchteten. „Dieses Geschenk wird dir dabei helfen, Stress loszulassen und wieder bei dir selbst anzukommen. Dann ist es leichter, ein Geschenk zu sein, für dich und für andere", sprach der Mann.

Jasmin verstand nichts von dem, was er sagte. Aber sie wollte den alten Mann mit seinen vielen Runzeln im Gesicht auch nicht fragen, was es zu bedeuten hatte, denn für ihn war offenbar alles, was er sagte, einleuchtend, so dass es keiner Erklärung bedurfte.

Er schaute Jasmin mit seinen klaren, blauen Augen an. Sie spürte, wie eine Welle von Wärme und Liebe sie durchströmte, und sie sich mehr und mehr entspannte.

„Ich danke dir", sagte sie zu dem Mann und verstaute das Geschenk in einer ihrer vielen Taschen. „Jetzt muss ich aber gehen, sonst bekomme ich keinen Bus mehr." „Lass es dir gut gehen", sagte der Mann.

Jasmin machte sich auf den Weg zur Bushaltestelle und dachte immer noch über ihr merkwürdiges Erlebnis nach. „Habe ich vielleicht geträumt? Liege ich in Wirklichkeit zuhause in meinem Bett?" Diese Fragen schossen ihr durch den Kopf.

„Ich habe mir solche Sorgen gemacht", empfing Fred sie, als sie endlich zuhause ankam. „Warum bist du nicht an dein Handy gegangen? „Oh, ich habe es zuhause liegen gelassen. Hast du nicht gehört, wie es geklingelt hat", fragte Jasmin. „Nein", antwortete er.

Über ihre Erlebnisse in der Stadt schwieg sie lieber. Was hätte sie Fred auch von einem geheimnisvollen alten Mann erzählen sollen, der fast wie der Weihnachtsmann aussah und ihr ein Geschenk gemacht hatte. Wahrscheinlich hätte er ihr sowieso nicht geglaubt und gesagt: „Du bist doch erwachsen, du glaubst doch wohl nicht an den Weihnachtsmann."

„Janina ist schon ins Bett gegangen, sie ist total aufgeregt, weil morgen Heiligabend ist", sagte er.

„Gut, dann werde ich mal die Geschenke verstauen und schnell etwas essen." Während Jasmin dies sagte, war sie auch schon auf den Weg ins Untergeschoss des Hauses, das die drei bewohnten.

Der Raum, in dem die Familie ihre Geschenke stapelte, war schon ziemlich voll. Einige Verwandte hatten Päckchen geschickt und Jasmin stellte fest, dass auch ihr Mann ziemlich viel eingekauft hatte. Alles lag schön in Geschenkpapier eingepackt auf dem Tisch und teilweise sogar auf dem Fußboden.

Schnell legte sie ihre Tüten ab und ging hoch ins Esszimmer.

Am nächsten Tag war es so weit. Janina konnte es kaum erwarten, dass es endlich Abend wurde und der Weihnachtsmann kam. Ja, für Janina war es klar, dass es den Weihnachtsmann gab, auch wenn sie schon acht Jahre alt war.

„Mama, wann ist es endlich Abend?" fragte sie.

„Schatz, ich habe jetzt überhaupt keine Zeit für dich." Jasmin war schon wieder im Stress. Da war noch der Weihnachtsbaum zu schmücken, die Kleidung für den Chorauftritt in der Kirche musste gebügelt werden und dann der Chorauftritt selbst, sie musste die Lieder noch mal üben. Ach und die

Geschenke für die Nachbarn in der Straße mussten ja auch noch eingepackt und zu den Leuten gebracht werden. Zum Glück war wenigstens der Kartoffelsalat für den Abend schon gemacht.

Fred war gerade mit dem Weihnachtsbaum beschäftigt und hatte auch keine Zeit. Janina fühlte sich allein und wurde ein bisschen traurig. Sie beschloss, sich auf den Weg zu machen, um den Weihnachtmann zu suchen.

Ihre Eltern bemerkten noch nicht einmal, dass sie sich davonschlich.

Draußen hatte es frisch geschneit und im Garten waren Spuren zu sehen. „Vielleicht war das ja der Weihnachtsmann", dachte Janina und folgte den Spuren.

Schon bald kam sie in einen Wald, der ganz in der Nähe des Hauses war, wo sie wohnte. Plötzlich sah sie zwischen den Bäumen ein Leuchten. Es war der Hund, den der geheimnisvolle Mann bei sich gehabt hatte, den Jasmin am Tag zuvor getroffen hatte.

Janina liebte Tiere, besonders Hunde. Dieser Hund kam jetzt wie eine leuchtende Kugel auf sie zu.

„Wer bist du denn?" fragte Janina. „Ich bin ein Weihnachtswunderhund. Ich tröste alle, die traurig sind und die mir begegnen. Ich gebe den Menschen, die Liebe brauchen, Liebe und helfe dem

Weihnachtsmann, die Geschenke zu verteilen. „Oh, ist der Weihnachtsmann hier?" Janina war ganz gespannt. „Nein, der ist gerade unterwegs, der hat ganz viel zu tun heute", sagte der Hund.

Für Janina war es gar nicht ungewöhnlich, mit einem Hund zu sprechen. Schon ein paar Jahre zuvor hatte sie entdeckt, dass sie mit Tieren kommunizieren konnte. Sie konnte verstehen, wenn ein Tier traurig war oder wenn es Hunger hatte. Sie hatte es auch schon erlebt, dass Tiere sie getröstet haben, wenn sie traurig war, die Katze von den Nachbarn zum Beispiel oder ein Hund, den sie mal in einem Park getroffen hatte. Doch mit diesem Hund war es anders. Er brauchte gar nicht viele Worte, in seiner Gegenwart fühlte sie sich einfach geborgen, und sie vergaß die Welt um sich herum. Und während der Hund sie mit seinem leuchtenden Fell wärmte und ihr eine Geschichte erzählte, schlief sie ein.

Als das Mittagessen nahte, bemerkte Jasmin, dass Janina verschwunden war. „Janina!" rief sie durch das ganze Haus, aber keine Janina kam. Dann stellte sie fest, dass die Stiefel und der Mantel von Janina fehlten.

Sie ging in den Garten und rief nach ihr, doch Janina kam nicht. „Fred! Janina ist verschwunden, wir müssen sie suchen!" Fred war inzwischen mit dem Schmücken des Weihnachtsbaumes fertig geworden und war gerade unter der Dusche, weil er sich für den Nachmittag fertig machen wollte. „Ich kann jetzt nicht", rief er. Er hatte gar nicht gehört, was Jasmin gerufen hatte, er hatte nur gehört, dass sie irgendetwas gerufen hatte.

Seelenruhig genoss er sein Duschbad und war mit den Gedanken bereits bei der Bescherung als Jasmin die Tür zum Bad aufriss: „Fred, Janina ist weg! Jetzt komm doch endlich!"

„Was?" Ach so, die wird sich schon wieder anfinden. Fred hatte immer noch nicht mitbekommen, worum es ging. Er dachte, dass Jasmin ihre Mappe mit den Chorliedern für den Gottesdienst wieder verlegt hatte, wie so oft.

„Fred!" Jasmin brüllte jetzt noch lauter. „UNSERE TOCHTER IST VERSCHWUNDEN!"

Jetzt erwachte Fred endlich aus seinen Tagträumen und zog sich schnell an. „Warte, wir gehen beide draußen suchen und teilen uns auf. Wenn wir sie nicht finden, dann muss ich die Polizei rufen."

Während Fred und Jasmin überall nach Janina suchten, war diese immer noch bei dem geheimnisvollen Hund und schlief. Und während sie schlief, machte sie mit dem Hund wunderschöne Reisen. Sie reisten zu einem Meer, nein, sie flogen sogar, denn in ihren Träumen konnte der Hund fliegen. „Janina!" Ganz entfernt drang die Stimme ihrer Mutter in ihre Träume. Doch Janina flog im

Traum gerade mit dem Hund vom Meer zu den Sternen. „Janina!" Plötzlich wurde sie wach. Der Hund weckte sie ganz sanft, indem er ihr über das Gesicht leckte. „Ich glaube, du bist gemeint", sagte er zu Janina.

„Ich will bei dir bleiben." Janina fand es schade, dass ihre Träume jetzt hier zu Ende waren und sie sich von dem Hund verabschieden musste. „Ich schenke dir einen hellen Stern", sagte der Hund und lief zu einer Hütte in der Nähe, um den Stern zu holen. Der Stern leuchtete in allen Regenbogenfarben, je nachdem, wie man ihn hielt. Das ist ein Weihnachtswunderstern. Wann immer du mich brauchst und mit mir in deinen Träumen reisen willst, lege den Stern unter dein Kopfkissen und ich werde bei dir sein und mit dir zu den Sternen reisen." Janina umarmte den Hund und bedankte sich. Noch bevor ihre Mutter um die Ecke bog, verschwand der Hund in der Hütte.

Als Jasmin ihre Tochter sah, war sie erleichtert. Sie war so erleichtert, dass sie ihr gar keine Vorwürfe machte und sie auch nichts fragte. Und Janina erzählte auch nichts von dem Hund. Aber ihren Weihnachtswunderstern hatte sie ganz fest in der Hosentasche verstaut.

Es war Abend geworden. Der Gottesdienst hatte stattgefunden, der Chor hatte seine Weihnachtslieder gesungen und sie hatten den Kartoffelsalat gegessen. Jetzt war die Zeit für die Bescherung gekommen.

Jasmin und Fred hatten Mühe, die vielen Geschenke unter dem Weihnachtsbaum zu verstauen. Als Jasmin die Geschenke aus den Tüten nahm, fiel ihr das Geschenk von dem geheimnisvollen Mann, den sie am Tag zuvor getroffen hatte, wieder in die Hände. Vorsichtig öffnete sie das Päckchen. Es enthielt ein kostbares goldenes Fläschchen, das mit glitzernden Steinen geschmückt war. Das Fläschchen lag in einem goldenen Karton auf dunkelblauem Samt.

In dem Karton lag ein Brief, in dem stand: „Dieses Fläschchen enthält ein besonderes Lebenselixier, nur für dich. Immer, wenn du gestresst bist, wenn du traurig oder wütend bist, dann kannst du dieses Lebenselixier verwenden, um wieder bei dir selbst anzukommen und dein Herz für die Liebe in deinem Leben zu öffnen. Nimm ein paar Tropfen und fächele sie in deine Aura." Jasmin probierte das Elixier sofort aus. Sie fühlte, wie sie den Stress der vergangenen Tage losließ. Ihr Herz öffnete sich und sie spürte plötzlich eine große Dankbarkeit dafür, dass sie jetzt in diesem Augenblick mit Fred und Janina zusammen sein konnte. „Danke, dass es euch gibt", murmelte sie.

„Fröhliche Weihnachten", rief Fred. „Fröhliche Weihnachten", sagten Janina und Jasmin gleichzeitig.

Nach einer Stunde waren sie immer noch so sehr mit dem Auspacken der Geschenke beschäftigt, dass sie nicht merkten, dass etwas im Garten leuchtete. Der geheimnisvolle Mann mit dem blauen Umhang mit den Sternen und der Weihnachtswunderhund standen dort und lächelten.

Manchmal kommt es anders als man denkt

„Herr Frantzen, ich muss Ihnen leider eine traurige Mitteilung machen." Herr Mayer der Chef von Lindenberg-TV, einem kleinen regionalen Fernsehsender stockte kurz und blickte verschämt nach unten, bevor er weiterredete, denn was nun kommen würde, war ein paar Tage vor Weihnachten für Herrn Frantzen sicher alles andere als schön, aber es musste sein.

Herr Frantzen stand unbeweglich da und sagte kein Wort. Seine Gedanken schweiften zu seiner Familie. Er dachte daran, wie sehr er seine Frau liebte und wie wenig Zeit er im letzten Jahr für sie gehabt hatte. Ständig war er unterwegs gewesen: Hier noch eine Reportage für den Fernsehsender, dort noch eine Live-Sendung…und das oft bis mitten in die Nacht. „Nächstes Jahr werde ich mehr Zeit für dich haben, Marie", dachte er.

Plötzlich sagte Herr Mayer: „Sie wissen, ich war immer sehr zufrieden mit Ihnen. Aber, die Zwänge…und dann noch der Verwaltungsrat, der uns Druck macht."

Herr Frantzen hörte gar nicht richtig hin. Er dachte an seinen elfjährigen Sohn Tom. In diesem Jahr hatte er bei den Bundesjugendspielen den ersten Platz gemacht und in Mathematik war er

Klassenbester. Und trotzdem machte er sich Sorgen. Marie hatte ihm berichtet, dass Tom nach der Schule oft nicht nach Hause kam und ihr nicht sagte, wohin er ging. Wenn sie bei seinen Freunden anrief, dann hieß es immer nur: „Nein, der ist nicht hier." Und wenn sie ihn dann fragte, wo er war, dann verschwand er in seinem Zimmer und knallte die Tür hinter sich zu.

„Herr Frantzen, so leid es mir tut, ich muss es Ihnen jetzt sagen und wissen Sie, es fällt mir außerordentlich schwer..." Herr Mayer unterbrach sich wieder.

Herr Frantzen stand immer noch unbeweglich da. Seine Gedanken schweiften zu seiner kleinen Tochter Jana. Sie war im Sommer sechs Jahre alt geworden und in die Schule gekommen. Doch schon bald bestellte die Lehrerin Marie in die Elternsprechstunde und sagte zu ihr: Ihre Tochter träumt ja nur. Manchmal muss ich sie dreimal ansprechen, bevor sie reagiert. Und manchmal erwische ich sie dabei, wie sie heimlich Bilder in ihr Heft malt. So kann es nicht weitergehen, Frau Frantzen."

„Also, Herr Frantzen, wir danken Ihnen für Ihre Verdienste für unser Unternehmen, aber ab Februar können wir sie nicht mehr weiterbeschäftigen." Jetzt war es raus. Herr Mayer seufzte erleichtert. „Wie, was äh, was haben sie gerade gesagt?

„Können sie das bitte noch mal wiederholen?" Herr Frantzen fuhr zusammen. „Ab Februar können wir sie leider nicht mehr beschäftigen, sie wissen schon, die Sparzwänge." Mittlerweile hatte Herr Mayer sich eine Zigarre angezündet und nahm einen tiefen Zug. Erleichtert atmete er den Rauch aus.

Herr Frantzen sagte jetzt gar nichts mehr. Er stand starr wie eine Statue vor dem Schreibtisch seines langjährigen Chefs. „Ich…arbeitslos. Aber meine Familie…Was soll ich nur machen. Gerade haben wir ein Haus gekauft und liebevoll renoviert. Weihnachten hätte so schön werden können, wie soll ich das bloß Marie erzählen." Die Gedanken wirbelten in seinem Kopf herum wie ein Orkan, der alles mit sich fortzureißen schien.

„Ich bedanke mich noch mal bei Ihnen. Gehen Sie jetzt erst mal in Ihren wohlverdienten Urlaub und dann sehen wir weiter", Herr Mayer redete und redete. Doch Herr Frantzen brachte kein Wort heraus. Er drehte sich um und ganz langsam, wie in Zeitlupe, verließ er den Raum, nahm seinen Aktenkoffer aus seinem Büro und fuhr nach Hause.

Dort angekommen ging er gleich in sein Arbeitszimmer, ohne auch nur ein Wort mit Marie zu reden. „Oh Gott, wie soll ich das bloß Marie beibringen?" Er legte den Kopf auf den Tisch und fing an zu weinen. Als Marie das hörte, kam sie ins Arbeitszimmer und fragte: „Was ist denn los, Schatz."

Komm, wir wollten doch den Baum schmücken. Du weißt doch, ich habe so viel zu tun und Jana muss auch noch von ihrer Freundin abgeholt werden. Mensch, wo ist denn Tom nur wieder?" Marie redete und redete und bemerkte nicht, dass ihr Mann, der übrigens mit Vornamen Andreas hieß, gar nicht zuhörte.

„Jetzt komm doch endlich und hol Jana ab, sie wartet bestimmt schon. Ich habe gesagt, dass du sie um sieben Uhr abholst und jetzt ist es gleich acht." Doch plötzlich hielt sie inne und sagte: „Sag mal, stimmt was nicht?" Da drehte Andreas sich zu ihr um und erzählte ihr alles.

Beim Abendessen war die Familie endlich vollzählig, Marie hatte Jana von ihrer Freundin abgeholt und auch Tom war wieder aufgetaucht und wieder hatte er nicht gesagt, wo er gewesen war.

„Papa du sagst ja gar nichts." Jana hatte bemerkt, dass irgendetwas anders war als sonst. Und sie bemerkte auch, dass ihre Mama geweint hatte. „Was is 'n los?" Eh, Mann, was ist das für 'ne Stimmung hier heute." Jetzt hatte auch Tom bemerkt, dass etwas anders war als sonst.

Andreas sagte immer noch nichts, doch Marie erzählte: „Papa hat heute erfahren, dass er ab Februar nicht mehr bei Lindenberg-TV arbeiten kann. „Was?" Tom fiel vor Schreck die Gabel aus der Hand, gerade als er sich ein Stück Fleisch aufspießen wollte. „Papa bist du deshalb traurig?" Jana schaute Andreas mit großen Augen an.

„Kommt, Kinder. Übermorgen ist Heiligabend und das Haus muss noch geputzt werden. Ich weiß, ihr habt Ferien, aber trotzdem wäre ich dankbar, wenn ihr mir helfen würdet." Marie dachte mit Schrecken an die Aufgaben, die noch vor ihr lagen. „Also, bei mir läuft da nichts. Ich muss noch mal weg." Tom sprang auf und rannte nach oben. „Na, das ist ja wirklich toll, ihr lasst mich alle im Stich mit der vielen Arbeit." Marie wurde langsam sauer.

Andreas saß nur stumm da. Das Essen schmeckte ihm überhaupt nicht. Marie sprang auf: „Gut, ich muss jetzt zur Chorprobe. Der Kantor hat mich extra angerufen, damit ich komme, im Alt sind zurzeit so wenige Sängerinnen, die auch wirklich ordentlich singen können. Und du weißt doch, wir führen übermorgen im Gottesdienst die erste Kantate aus dem Weihnachtsoratorium auf." Andreas sagte immer noch nichts. Wenig später hörte er, wie Marie mit dem Auto wegfuhr. „Oh, was mache ich nur", sagte er zu sich selbst.

„Papa, bist du traurig?" Jana fragte noch mal, doch ihr Papa war so mit seinen eigenen Gedanken beschäftigt, dass er gar nicht auf sie reagierte. Also ging Jana auf ihr Zimmer und weinte. „Ich will nicht, dass Papa traurig ist", sagte sie zu sich selbst.

Dann kam ihr eine Idee. Sie nahm ein Blatt Papier und schrieb:

Lieber Weihnachtsmann,
heute ist mein Papa ganz traurig nach Hause gekommen. Bitte mache meinen Papa wieder fröhlich. Bestimmt weißt du, wie du ihm helfen kannst.
Liebe Grüße
Deine Jana

Anschließend legte sie den Brief auf ihr Fensterbrett. Das machte sie auch immer so mit ihren Wunschzetteln. Draußen auf dem Fensterbrett würde der Wind ihn fortwehen und zum Weihnachtsmann tragen, davon war sie überzeugt.

Es war ein paar Stunden später, Marie war schon längst von der Chorprobe nach Hause gekommen, und alle lagen in ihren Betten und schliefen, nur Tom nicht.

Er schlich sich heimlich aus dem Haus. Wie gut, dass er es geübt hatte, sich im Dunkeln aus dem Haus zu schleichen. So wusste er genau, wo die Kommode im Flur stand, an der man sich so leicht stoßen konnte, wenn man nicht aufpasste. Auch den Kleiderständer hatte er im Auge und er hatte auch trainiert, wie er die Haustür öffnen musste, damit sie nicht knarrt und jemand von dem Knarren geweckt wurde. Dennoch war er jedes Mal erleichtert, wenn er auf der Straße stand, ohne dass er jemanden geweckt hatte.

Sein Weg führte ihn ein paar Straßen weiter durch eine Hochhaussiedlung, an deren Ende der Fluss war. Endlich hatte er sein Ziel erreicht: Den geheimnisvollen alten Mann, der in einem Wohnwagen wohnte und zu dem er mittags nach der Schule immer ging. Niemand wusste seinen Namen. Alle nannten ihn immer nur Großvater. Tom hatte ihn kennengelernt, als er eines Tages plötzlich aufgetaucht war und ihm geholfen hatte, als zwei Jungen ihn in eine Schlägerei verwickeln wollten. Seitdem besuchte er den Mann regelmäßig. Jetzt klopfte er verzweifelt an die Tür des Wohnwagens: „Großvater, bitte hilf mir!" Seine Rufe schallten laut durch die Nacht. Verschlafen öffnete der Mann die Tür: „Was ist, mein Junge?" „Mein Papa wird im Februar arbeitslos und meine Mutter rafft überhaupt nichts." „Nun komm mal rein, ich zieh mir nur schnell einen Bademantel über".

Tom setzte sich auf den alten Schaukelstuhl mit dem dunklen Holz und dem verschlissenen Bezug, in dem er schon oft gesessen hatte, wenn er den Mann besucht hatte. Er sah, wie Großvater in seiner Truhe kramte. Diese Truhe hatte ihn immer schon fasziniert und jedes Mal fragte er Großvater, wann er da reinschauen dürfte. Doch Großvater sagte immer wieder: „Noch ist die Zeit nicht reif.

Eines Tages wirst du bereit sein." Natürlich erhöhte das die Spannung noch mehr. Einmal hatte Tom sogar versucht, sich heimlich der Truhe zu nähern, als Großvater gerade draußen war. Doch genau in diesem Moment kam er wieder zur Tür herein und schnell setzte Tom sich in den Schaukelstuhl.

Endlich hatte Großvater gefunden, was er gesucht hatte und kam mit einem dicken Buch zu Tom, das schon ziemlich alt zu sein schien. Es hatte einen dunkelblauen Umschlag, der an den Ecken abgestoßen war und mit geheimnisvollen goldenen Zeichen bemalt war.

Als Großvater das Buch öffnete, sah Tom, dass die Seiten aus purem Gold waren. Geschrieben war das Buch mit einer dunkelblauen, feinen Tinte.

„Alle Menschen sind in Wirklichkeit Engel, die mit einem Traum in diese Welt gekommen sind." Diesen Traum gilt es zu finden", las Großvater. „Dein Vater ist ein Engel, deine Mutter ist ein Engel, Jana ist ein Engel und du bist auch einer. Wir kommen alle mit einem Traum ins Leben, den wir erfüllen möchten." „Und du meinst, dass der Job bei Lindenberg-TV gar nicht Papas Traum ist?" Tom schaukelte sanft hin- und her in dem alten Schaukelstuhl. Hier bei Großvater fühlte er sich immer so geborgen. Nichts schien Großvater
fremd zu sein und er schien für alles eine Lösung zu haben. „Ja, ein Traum ist etwas, was du mit dem

Herzen tust, es ist etwas, was du liebst. Dein Vater hat den Job bei Lindenberg-TV gerne gemacht, aber jetzt wird es Zeit, dass er seinen Traum zum Leben erweckt. Alles wird gut, du wirst sehen." Mit diesen Worten kam Großvater zu Tom und legte seinen Arm um ihn. Tom spürte, dass er ruhiger wurde. „Danke, Großvater", sagte er und machte sich auf den Heimweg.

Und dann war es endlich so weit: der 24. Dezember war da. Andreas hatte sich einigermaßen wieder gefangen. Inzwischen hatte er auch noch mal ausführlich mit Marie gesprochen. Sie wollte ihn auf jeden Fall unterstützen, was auch immer geschehen würde.

Der Wind hatte Janas Brief tatsächlich weggeweht, denn gerade an diesem Heiligabend gab es einen Schneesturm. Doch zum Glück hörte es kurz vor der Christmette auf zu schneien und auch Familie Frantzen ging in die festlich erleuchtete Kirche. Als die Kantorei mit dem Weihnachtsoratorium begann, schienen alle Sorgen erst einmal vergessen zu sein.

Nach dem Gottesdienst versammelten sich die Frantzens im Wohnzimmer. Andreas zündete gerade die Kerzen am Weihnachtsbaum an, da klingelte es. „Wer ist das denn?" Andreas war erstaunt. „Vielleicht ist es der Weihnachtsmann", rief Jana ganz aufgeregt.

Marie öffnete die Tür und eine tiefe Männerstimme, die – so fand es zumindest Tom – wie die Stimme des alten Mannes klang, den alle immer nur Großvater nannten, sagte: „Hier ist der Weihnachtsmann." Tatsächlich, da war der Weihnachtsmann. Er hatte einen goldenen Sack dabei, aus dem er jetzt Geschenke holte. „Tom, das ist für dich." „Und für Jana habe ich auch was. Ach und dann sind da noch Marie und Andreas."

Nachdem er allen ihre Geschenke gegeben hatte, zog er einen goldenen Umschlag aus dem Sack und sagte zu Andreas: „Ich habe gehört, dass etwas in deinem Leben geschehen ist, dass dich traurig macht. Aber du musst nicht traurig sein, alles hat seinen Sinn. Denn auf dich wartet ein noch viel größerer Traum, der sich erfüllen wird. Das, was in diesem Umschlag steht, wird dir weiterhelfen." Andreas wunderte sich über dieses sonderbare Geschenk. Doch plötzlich erinnerte er sich daran, dass er vor vielen Jahren mal einen Traum hatte ...

Der Weihnachtsmann hatte sich schon längst verabschiedet, als Andreas in sein Arbeitszimmer ging, die dritte Schreibtischschublade aufschloss und das Drehbuch herausnahm, was er schon vor Jahren geschrieben hatte. Doch damals hatte er gedacht, dass es sicher nicht gut genug sein würde und dass es sowieso niemand lesen würde. Und überhaupt, vielleicht war die Zeit auch nicht bereit dafür. Doch jetzt steckte er das Drehbuch in einen Umschlag und schrieb die Adresse drauf, die in dem goldenen Brief gestanden hatte, den der Weihnachtsmann ihm geschenkt hatte. Er lächelte und hatte das Gefühl, dass alles gut werden würde. Und als er zum Fenster schaute, sah er, wie der Weihnachtsmann dort stand und ihm zuwinkte, bevor er in der Dunkelheit verschwand.

Der Traum in deinem Herzen

Sandra ging die spärlich beleuchteten Straßen entlang. Wieder war ein Tag vorbei, den sie damit verbracht hatte, mühsam den Lebensunterhalt für ihre fünfjährige Tochter Nicole und für sich zu verdienen, indem sie in einem großen Unternehmen putzte. Es war spät geworden. Nicole würde jetzt sicher schon auf sie warten. In letzter Zeit war Sandra sogar zu müde gewesen, ihr eine Gute-Nacht-Geschichte vorzulesen. Tagsüber war Sandras Mutter für Nicole da, wenn sie aus dem Kindergarten kam, denn Sandra arbeitete oft bis spät abends.

Sandra fröstelte. Es war feucht und nieselte und das, obwohl übermorgen Weihnachten war. Vom Meer kam der Geruch nach Salzwasser und kalter Winterluft. Der Strand war jetzt menschenleer, als Sandra vorbeiging. Sicher saßen die meisten bereits zu Hause im Warmen und widmeten sich den letzten Weihnachtsvorbereitungen.

„Mama ich muss dir unbedingt die Geschichte erzählen, wie man seinen Traum findet und glücklich wird." Mit diesen Worten empfing Nicole ihre Mutter. „Jetzt nicht, Nicole. Ich bin müde". Sandra nahm die Briefe aus dem Briefkasten. „Oh je, wieder nur Rechnungen." Diesmal würde das Geld vielleicht noch nicht mal für ein Geschenk für Nicole reichen. Traurig und erschöpft ließ Sandra sich aufs Sofa im Wohnzimmer fallen. Schon seit fünf Jahren lebten Sandra und Nicole alleine, denn Nicoles Vater war mit seiner neuen Frau ins Ausland gegangen. Nur zu Geburtstagen oder zu Weihnachten schickte er eine Postkarte und manchmal auch ein Päckchen. Aber auch das vergaß er meistens.

Sandras Mutter kam ins Wohnzimmer, um sich zu verabschieden: „Ich lasse dich jetzt mit Nicole allein." „Ja, danke Mama." Sandra war froh, dass ihre Mutter sich um Nicole kümmerte, während sie arbeiten ging. Ja, seitdem sie mit Nicole alleine lebte, war alles schwieriger geworden...

Schon wieder musste Sandra daran denken, wie wenig Geld sie hatte. „Mama, die Geschichte über die Träume ist wunderschön. Ich muss sie dir unbedingt erzählen", rief Nicole aufgeregt. „Ja, Schatz. Geh jetzt ins Bett. Ich bin heute zu müde." Nicole schaute Sandra mit fragenden Augen an: Wieso bist du immer so müde?" „Ich gehe arbeiten und es ist hart und schwer und macht mir keinen Spaß. Aber Kinder verstehen das noch nicht", antwortete Sandra. „Und jetzt, husch, ab ins Bett mit dir."

Das ging jetzt schon eine ganze Weile so und es machte Nicole traurig. Als sie an diesem Abend im Bett lag, sprach sie mit Gott: „Bitte, lieber Gott, ich wünsche mir, dass meine Mama wieder fröhlich und nicht mehr so müde ist." Das hatte sie noch nie gemacht, aber irgendwie tröstete es sie.

„Gute Nacht!" rief Sandra aus dem Wohnzimmer. „Schlaf gut, meine Kleine". Sie war einfach zu müde, um aufzustehen und es dauerte auch nicht lange, bis sie auf dem Sofa einschlief.

Als Sandra aufwachte, war eine Stunde vergangen. Plötzlich hatte sie das Gefühl, dass sie ans Meer gehen wollte. Das Meer beruhigte sie immer mit seinem gleichmäßigen Rauschen. Das war für sie wie eine Musik, in deren Rhythmus sie sich sanft hin- und her wiegte, wenn sie die Augen schloss und der Brandung lauschte.

Sandra schaute kurz in Nicoles Zimmer, ob sie schlief, bevor sie ihre Daunenjacke überzog und hinaus in die Nacht ging.

Als Sandra eine Weile am Meer gestanden hatte, bemerkte sie ein Boot, das Kurs auf den Strand nahm. „Um diese Nachtzeit?", fragte sie sich. Was hatte das zu bedeuten? Doch tatsächlich kam das Boot immer näher und je näher das Boot kam, desto heller wurde das Licht, das von ihm ausging.

In dem Boot saß ein Mann, der schon sehr alt sein musste. Er trug einen Vollbart aus grauen Silberfäden und auch sein Haar leuchtete silbergrau in dem Licht, das von dem Boot ausging. Sein Gesicht hatte viele Falten. Es schien geprägt zu sein von der

Arbeit im Freien, auf dem Meer. „Merkwürdig", dachte Sandra. „Wenn ich jetzt ein Kind wäre, würde ich denken, das ist der Weihnachtsmann. Aber den gibt es ja leider nicht." Nun ja, der Mann war auch nicht so gekleidet. Er trug Jeans, einen dicken Pulli und eine Daunenjacke.

„Bist du Sandra?", fragte er. Wie konnte er ihren Namen wissen? Sandra erinnerte sich an ihre Kindheit. Da hatte der Weihnachtsmann immer alles über sie gewusst, wenn er kam und die Geschenke brachte. Doch dieser Mann sagte nicht, wer er war.

Als sie dem Mann in die Augen sah, bemerkte sie, dass diese wie ein unendliches Meer aus Sternen zu funkeln schienen. „Merkwürdig", dachte Sandra. In seiner Gegenwart fühle ich mich geliebt und geborgen." Für einen Moment vergaß sie sogar ihre Sorgen und ihre Müdigkeit.

„Ich habe hier ein Päckchen für dich. Es ist ein ganz besonderes Weihnachtsgeschenk", sprach der Mann. „Danke", antwortete Sandra überrascht. Sie nahm das Päckchen und verbarg es unter ihrer Jacke. „Es ist ein Herzensgeschenk. Du musst es mit dem Herzen verstehen", sagte der geheimnisvolle Mann noch, bevor er wieder ins Boot stieg und aufs offene Meer hinaus fuhr. Sandra stand noch eine ganze Weile am Strand und blickte auf das Meer, bis das Licht des Bootes in der Ferne verschwunden war.

An Heiligabend konnte Sandra es kaum erwarten, das geheimnisvolle Päckchen zu öffnen. Zum Vorschein kam eine goldene Dose in Form eines Herzens. Als Sandra die Dose öffnete, fand sie einen Zettel und eine weitere goldene Dose. Auf dem Zettel stand: „Jeder kommt mit einem bestimmten Traum in diese Welt. Finde deinen Traum und du wirst glücklich."

In der nächsten Dose war wieder eine Herzdose verborgen, um die ein Zettel gewickelt war auf dem stand: „Dein Traum ist in deinem Herzen versteckt. Lausche der Stimme deines Herzens und du wirst deinen Traum finden."

Auch in der dritten Dose waren ein Zettel und eine Herzdose verborgen: Auf diesem Zettel stand. „Es gibt jemanden, der dich sehr lieb hat, der dich mehr liebt als du selbst und der dir hilft, deinen Traum zu finden und zu verwirklichen."

Sandra öffnete die vierte Dose und auch in ihr steckte noch eine weitere Herzdose und ein Zettel mit einer weiteren Botschaft: „Stell dir vor, dass du glücklich bist und dein Traum sich erfüllt hat. Die Vorstellungskraft ist ein Geschenk, das du mit auf diese Erde gebracht hast. Sie hilft dir dabei, Träume wahr werden zu lassen." Sandra betrachtete die fünfte Dose. Sie war die kleinste von allen.

Vorsichtig öffnete sie diese Dose. In ihr lag kein Zettel. Nein, darin lag ein goldenes Herz, das zu leuchten anfing, als Sandra es in die Hand nahm und vor ihr Herz hielt.

Und dann geschah es: Plötzlich öffnete sich eine Tür in ihrem Herzen. Sie sah sich als kleines Mädchen, das Blumen für ihre Mutter auf der Wiese pflückte und sie zu einem wunderschönen Strauß band. Sie erinnerte sich daran, dass es damals ihr Traum gewesen war, ein eigenes Blumengeschäft zu haben, doch diesen Traum hatte sie völlig vergessen, als sie erwachsen wurde.

„Mama!" Nicole kam zu ihr als sie sah, wie das goldene Herz funkelte. „Du hast das goldene Herz bekommen! Es ist alles so passiert, wie Oma mir erzählt hat. Wenn die Zeit bereit ist für einen Traum, dann bekommt man als Zeichen dieses goldene Herz."

Sandra lächelte und plötzlich verstand sie. Sie wusste, dass es jetzt an der Zeit war, ihr Leben zu verändern. Und sie wusste auch, dass Nicole und ihre Mutter sie so sehr liebten, mehr als sie sich selbst liebte. Sie nahm Nicole in den Arm und zum ersten Mal seit Jahren lachte sie an Heiligabend. „Warte, Nicole. Ich hole schnell dein Geschenk."
Später noch fragte Sandra sich, ob der geheimnisvolle Mann in dem Boot der Weihnachtsmann gewesen war. Sie würde es nie erfahren.

Das geheimnisvolle Geschenk

Es war ein Tag kurz vor Weihnachten. Viele Menschen waren in dem kleinen Buchladen von Herrn Martinus gewesen, um noch schnell ihre Geschenke zu kaufen. Gerade war der letzte Kunde gegangen. Draußen dämmerte es und es begann zu schneien. Herr Martinus nahm ein großes Taschentuch aus seiner Hosentasche und wischte sich die Schweißperlen von der Stirn. „Diese Tage vor Weihnachten sind aber auch immer besonders anstrengend", murmelte er vor sich hin.

Da ging die Türglocke und eine Mädchenstimme rief: „Herr Martinus, Herr Martinus." Es war Anja, die in der Nachbarstraße wohnte. Anja kam schon seitdem sie lesen konnte zu ihm in den Laden. Ihr Taschengeld gab sie hauptsächlich für Bücher aus, denn sie war so eine richtige Leseratte. „Wenn ich groß bin, dann schreibe ich selbst Bücher, sagte sie öfters zu Herrn Martinus."

Herr Martinus stopfte schnell sein großes Taschentuch in die Hosentasche und blickte zur Tür: Er sah, dass Anja die Tränen über die Wangen liefen. „Was ist denn passiert?"

„Meine beste Freundin zieht im Januar weg. Ich habe es heute erfahren."

„Komm mal her", sagte Herr Martinus. „Ich mache dir erst mal einen warmen Kakao. Das beruhigt die Nerven." Herr Martinus war schon ein älterer Herr mit einem grauen Bart und grauen Haaren. Aber seine Augen funkelten immer noch, als wäre er jung. Für Anja war er wie ein Großvater, denn ihr einer Großvater lebte in Kanada. Sie sah ihn nur ganz selten. Ihr anderer Großvater war früh gestorben. Sie hatte ihn nie kennen gelernt.

Langsam beruhigte Anja sich. Der warme Kakao tat ihr gut.

„Moment mal. Bevor ich es vergesse. Ich hole mal dein Weihnachtsgeschenk." Mit diesen Worten verschwand Herr Martinus im hinteren Zimmer, das gleichzeitig ein kleiner Aufenthaltsraum und ein Lager für die Bücher war.

Geheimnisvoll lächelnd kam er mit einem Päckchen zurück, das in Geschenkpapier eingewickelt war. „Dies ist ein ganz besonderes Geschenk, das ich vor langer Zeit erhalten habe, um es einmal weiterzugeben. Jetzt ist der richtige Zeitpunkt gekommen, dass du das Geschenk erhältst. Es ist etwas, das mir mein Großvater geschenkt hat. Er hat es von seinen Reisen in ferne Länder mitgebracht und es hat mir oft in meinem Leben geholfen." Anja war gespannt. Was mochte wohl in diesem Päckchen sein? Am liebsten wollte sie es sofort aufreißen. Doch Herr Martinus sagte:

„Dieses Geschenk soll dein Geheimnis sein. Öffne das Päckchen, wenn du alleine bist und erzähle niemandem davon."

Am Weihnachtsmorgen war es so weit. Anja war schon früh wach. Die Eltern und ihr kleiner Bruder schliefen noch. Vorsichtig entfernte sie die Schleife und das Papier. Zum Vorschein kam ein blauer Stein, der wunderschön leuchtete, wenn Anja ihn gegen das Licht hielt. „Ein Stein? Das soll etwas Besonderes sein?" Anja war enttäuscht. Sie hätte lieber ein Buch gehabt.

Plötzlich musste sie wieder daran denken, dass ihre Freundin schon im Januar wegziehen würde und sie spürte, wie sie traurig wurde. „Was soll ich nur ohne Lena machen? Endlich habe ich eine Freundin gefunden und nun zieht sie weg."

Was war das? Von irgendwoher kam doch diese Musik. Anja lauschte. Der Stein lag auf ihrem Nachttisch und funkelte. Kam diese Musik aus dem Stein? Vorsichtig nahm Anja ihn in die Hand und hielt ihn an ihr Ohr und tatsächlich, die Musik kam aus dem Stein. Geigen und Flöten spielten eine bezaubernde Melodie und Anja fühlte sich in eine andere Welt versetzt. Sie schloss die Augen und lauschte der Musik und die Musik trug sie vorbei an einen Wasserfall aus Licht in einen Garten, in dem ein wunderschönes Haus stand. Auf der Wiese vor dem Haus wuchsen bunte Blumen und als Anja näher kam, sah sie, dass das Haus aus purem Gold war. Noch immer hörte sie die Musik. Sie schien aus dem Haus zu kommen. Anja öffnete die Tür und betrat das Haus. Innen war ein großer, lichtdurchfluteter Saal, in dem ein Orchester spielte. Anja war erstaunt darüber, dass das Orchester von einem Jungen dirigiert wurde. Alle Musiker hatten Hosen in den Farben des Regenbogens an, weiße, weite Oberteile und Haare in bunten Farben. Da gab es welche mit grünen, blauen, roten und sogar lilafarbenen Haaren.

Als der Junge, der das Orchester dirigierte, Anja kommen hörte, hörte er sofort auf zu dirigieren und ging auf sie zu: „Hallo, hat dich der blaue Stein hierher gebracht?" Anja wunderte sich, wieso der Junge das wusste. „Du kannst immer wiederkommen, wenn du traurig bist und dich einsam fühlst. Hier in dem Haus und dem Garten gibt es noch viel mehr zu entdecken. Du weißt ja jetzt, wie du hierher kommst."

Anja sagte zu dem Jungen: „Ich war traurig, weil Lena, meine beste Freundin, wegzieht. Aber jetzt weiß ich, dass ich in meiner Schule wieder eine Freundin finden werde und dass Lena und ich uns in den Ferien gegenseitig besuchen können."

Plötzlich erwachte Anja aus diesem Traum und bemerkte, dass sie den Stein immer noch in der Hand hielt. Ihre Mutter stand in der Tür und rief:

„Anja, willst du nicht aufstehen und frühstücken?" Sie musste schon eine Weile dort gestanden haben. Anja verbarg den Stein schnell unter ihrem Kopfkissen.

„Ich habe auch noch eine Überraschung für dich", sagte die Mutter. „Lena bleibt über die Weihnachtstage bei uns. Sie darf bei dir im Zimmer übernachten und wartet schon in der Küche auf dich." Schnell sprang Anja aus dem Bett. Doch bevor sie sich anzog und in die Küche ging, um Lena zu begrüßen, nahm sie den Stein in die Hand, strich sanft über seine glatte Oberfläche und legte ihn in ihr Schmuckkästchen. „Danke, lieber Stein", flüsterte sie.

Ein Fall für Engel Sarah

Wie jedes Jahr tagte der Rat der Engel im Himmel kurz vor Weihnachten in seinem Kristallpalast im Regenbogensaal. Der Saal hatte mehrere große Fenster, an denen Fernrohre befestigt waren. Mit diesen Fernrohren schaute der Rat der Engel auf die Erde, um zu sehen, ob dort alles mit rechten Dingen zuging.

„Vielleicht haben wir ja diesmal Glück und müssen keinen Engel auf die Erde schicken", sprach Johannes, der Vorsitzende des Rats der Engel.

„Meinst du wirklich? Dann käme ich ja um die Aufgabe herum und könnte Weihnachten ganz in der Regenbogenstadt genießen." Sarah blickte kurz durch ein Fernrohr, während sie dies sagte. In diesem Jahr war sie an der Reihe, auf die Erde zu reisen, wenn Menschen sich stritten, jemand einsam war und Trost brauchte oder sonst irgendetwas geschah, das einen Engel auf Erden erforderlich machte.

„Oh, schau mal da." Sarah blickte durch das Fernrohr. Da saß eine Frau, die schon ziemlich alt zu sein schien, so viele Runzeln hatte sie im Gesicht. Ihre grauen Haare waren zu einem strengen Dutt zusammengebunden. Sie saß auf einem weißen Küchenstuhl mit einem Kissenbezug, auf dem ganz viele rote Herzen waren, und weinte. „Guck mal, Johannes, da ist eine Frau, die ist ganz traurig", sagte Sarah. „Und, weiter", was siehst du noch", fragte Johannes. Sarah drehte das Fernrohr ein wenig nach rechts.

„Oh, da ist eine Frau in einem Buchladen. Da stehen ganz viele Menschen an der Kasse und die Frau ist ganz alleine. Jetzt ruft sie jemanden an, aber es scheint sich wohl keiner zu melden. Die braucht dringend Hilfe. Ich höre richtig, wie die Leute in der Schlange schimpfen. Das tut mir weh in den Ohren. Und dann noch das. Schau mal, da ist ein Mann vor der Buchhandlung. Der brüllt ganz laut." „Zeig, mal", sagte Johannes mit seiner tiefen Stimme. „Das gibt es ja nicht. Er erzählt ganz seltsame Dinge."

"Ich glaube, Sarah, es bleibt dir nicht erspart, du musst auf die Erde und für Ordnung sorgen. „Ach, Johannes, lass mich doch lieber noch ein Jahr warten. Kann nicht jemand anders für mich gehen? Wie wäre es mit Jonathan, der hat da schon Erfahrung?" „Sarah, du weißt, dass wir immer bei dir sind, wenn du auf der Erde bist. Aber der Rat der Engel hat dich dieses Jahr auserwählt, auf die Erde zu gehen und den Menschen zu helfen. Das ist auch immer eine große Chance, dein Herz noch mehr mit Liebe zu füllen. Du kannst ihnen helfen, sich wieder daran zu erinnern, dass sie auf ihr Herz hören. Oft haben sie es nur vergessen, weil das Herz durch das Leben hart geworden ist und manchmal auch schwer und traurig. Ich bereite alles vor, für deine Reise auf die Erde. Und nach Heiligabend bist du wieder bei uns."

Da wusste Sarah, dass sie den Auftrag erfüllen musste, den der Rat der Engel ihr gegeben hatte. Und so geschah es, dass sie in der Nacht, als alle auf der Erde schliefen, in einem Schlosspark landete.

In der Ferne sah sie die Lichter einer großen Stadt glitzern. Plötzlich fühlte sie sich ganz alleine. Doch als sie in ihr Herz schaute, sah sie, dass Johannes durch das Fernrohr sah und ihr zulächelte. Da fühlte sie sich sofort besser. Sie strich ihr Regebogenkleid zurecht und legte sich im Schloss in ein Himmelbett. Nicht ohne vorher das Säckchen mit den funkelnden Kristallherzen, was sie mit auf die Erde gebracht hatte, in einen Schrank zu legen. Während Sarah schlief, träumte sie davon, wie Johannes ihr etwas erzählte, aber als sie aufwachte, wusste sie nur noch, dass sie Johannes im Traum getroffen hatte, was er gesagt hatte wusste sie nicht mehr. „Hm…hier auf der Erde ist alles so anders. Ich erinnere mich nicht so gut an meine Träume, wie im Kristallpalast im Himmel", dachte Sarah. Sie wusste gar nicht, wohin sie gehen sollte, doch dann hörte sie plötzlich, wie jemand laut schimpfte. „Mensch Kai, melde dich doch mal. Wo steckst du denn wieder. Die Menschen stehen wieder in einer langen Schlange an der Kasse und du bist nicht auffindbar." Sarah flog in die Straße, aus der das Schimpfen kam. „Ja, das erkenne ich wieder. Das ist der Buchladen, den ich durch das Fernrohr gesehen habe", sagte sie zu sich. „Wird's bald, ich habe heute noch mehr Geschenke einzukaufen." Ein Mann in der Schlange wurde langsam ungeduldig. „Sollen die doch mehr Personal einstellen", sagte eine Frau so laut, dass Christina es hören musste. Christina war die Inhaberin der kleinen Buchhandlung am Chausseeplatz und sie war es auch, die geschimpft hatte.

Normalerweise war es hier nicht so voll, aber an jenem Tag war es der letzte Samstag vor Heiligabend.

Und da Heiligabend dieses Jahr auf einen Sonntag fiel, war es auch die letzte Gelegenheit, noch schnell ein Geschenk einzukaufen. „Mensch, Kai, meld dich doch mal, wieder nur die Mailbox." Christina verzweifelte langsam.

„Hm…wer dieser Kai wohl ist?" Sarah überlegte, wie sie das herausbekommen konnte. Plötzlich verspürte sie innerlich den Drang, zu einem Café zu fliegen, das zwei Straßen weiter entfernt lag. Das Café war ziemlich voll. Nebenan war ein Waschsalon. Menschen, die zuhause keine Waschmaschine hatten, ließen dort noch schnell vor Weihnachten ihre Wäsche waschen und nutzten die Wartezeit für ein Frühstück. Sarah stellte fest, dass hier keiner so gestresst war, wie in dem kleinen Buchladen. Die Leute lasen Zeitung oder unterhielten sich und schienen es gar nicht eilig zu haben.

Zwischen den Menschen saß ein Mann mit einem Notebook und schrieb. Dabei dachte er laut: „Damit hatte Kommissar Weinert nicht gerechnet. Er war doch nur mal rausgegangen aus dem Konferenzraum und jetzt war die Leiche verschwunden, ehe sein Team anrücken konnte." „Ne, das geht nicht. Der Kommissar hätte es ja merken müssen, wenn jemand in den Konferenzraum gegangen wäre. Das ist unlogisch. Wie kann ich das nur machen. Vielleicht muss er mal kurz auf die Toilette oder wird weggerufen. Ja, der Chef der Firma ruft ihn und währenddessen passiert das Unglaubliche.

Ja, das ist es!" rief der Mann so laut, dass ein Mann am Nachbartisch brüllte: „Etwas mehr Ruhe, bitte." Sarah versteckte sich hinter einer Säule. Zwar konnten nicht viele Menschen Engel sehen, aber vielleicht gab es hier ja Menschen, die sie sehen konnten und sie wollte sich jetzt noch nicht zeigen. In diesem Moment klingelte bei dem Mann mit dem Notebook das Smartphone. „Hm…seltsam. Die brauchen so Dinger, dann können sie sich mit jemandem unterhalten, der nicht anwesend ist", stellte Sarah fest. „Kai

Werner!" Der Mann nannte laut seinen Namen. Konnte das der Kai sein, den die Frau in der Buchhandlung so verzweifelt gesucht hatte?

Sarah fragte sich, was sie tun sollte. Schließlich konnte sie nicht einfach zu Christina in die Buchhandlung gehen und sagen: „Ich habe deinen Mann gesehen." Vielleicht sah Christina sie nicht. Oder sie würde denken, dass sie verrückt geworden sei, wenn plötzlich ein Engel auftauchte.

Als Sarah zu dem Buchladen zurückflog, war die Schlange an der Kasse nur ein kleines bisschen kleiner geworden. Wieder telefonierte die Frau an der Kasse: „Ja, hier ist Christina Werner, was kann ich für Sie tun?" Obwohl die Menschen Schlange standen und auch von der Seite noch Leute kamen und nach diesem oder jenem Buch fragten, blieb sie freundlich. „Ach, du bist es, Vanessa." „Hm…wer war jetzt Vanessa?" fragte Sarah sich. „Komm doch bitte mal schnell in den Buchladen und hilf mir. Du kannst wenigstens die Geschenke für die Leute verpacken, während ich berate und abrechne. Dein Vater ist wieder mal verschwunden. Keine Ahnung, was der macht. Ich raste hier gleich noch aus." „Aus Versehen schaltete Christina den Lautsprecher des Telefons ein, so dass alle hören konnten, was Vanessa sagte. „Ne, Mama, ich hab keine Lust. Ich bin jetzt mit Annette verabredet. Wir wollen noch mal über den Weihnachtsmarkt bummeln."

„Vanessa, du bist 16. Jetzt werde mal langsam erwachsen und hilf deiner Mutter", rief Christina laut in den Hörer. „Mir gefällt euer blöder Buchladen sowieso nicht. Ich will Kosmetikerin werden. Das weißt du doch. Und jetzt lass mich in Ruhe. Ich habe Ferien und hab keinen Bock auf Arbeit." „Vanessa, hallo." Christina rief in den Hörer, doch es kam nur noch das Besetztzeichen, weil Vanessa aufgelegt hatte. Vor lauter Stress hatte Christina nicht einmal bemerkt, dass der Lautsprecher am Telefon eingeschaltet war. „Wird das heute noch was?" Eine Frau in der Schlange an der Kasse fuchtelte mit ihrem Portemonnaie, während sie ungeduldig von einem Fuß auf den anderen hüpfte.

„Was kann man da nur machen?" Gerade als Sarah sich das fragte, kam ein kleines Mädchen in den Buchladen. „Mama, wann kommst du nach Hause, ich habe Hunger", sagte es. „Jana du siehst doch, ich hab hier zu tun." Kann Vanessa dir nicht was machen?" „Ne, die ist schon weg", antwortete das Mädchen. „Warte, ich gebe dir Geld. Dann kannst du dir beim Schorsch an der Imbissbude was holen. „Oh ja, Pommes mit Ketchup und Mayonnaise", rief Jana begeistert. „Nein, nimm ein Würstchen und Salat, das ist gesünder." „Na, gut", antwortete Jana.

Als Jana mit dem Geld in der Hand auf die Straße trat, flüsterte Sarah: „Huhu, hast du mich gesehen?" „Oh, ein Engel", rief Jana laut. Die Leute, die draußen auf der Straße standen drehten sich erstaunt nach ihr um. „Pst, nicht verraten, dass ich hier bin." „Kannst du meine Mama glücklich machen?" Jana schaute Sarah mit großen Augen an. „Ja, zusammen schaffen wir das bestimmt", antwortete Sarah. Sie wusste zwar noch nicht, wie. Aber irgendeine Lösung würde es schon geben.

„Vielleicht gehen wir am besten zu Oma Mathilde", sagte Jana. „Wer ist Oma Mathilde?" Sarah fragte sich, ob das vielleicht die Frau war, die in ihrer Küche gesessen und geweint hatte, als sie durch das Fernrohr geschaut hatte. „Die hat früher bei uns in der Straße gewohnt und hat auf uns aufgepasst, als wir noch klein waren." Jetzt ist Oma Mathilde ganz alleine", erzählte Jana. „Gut, dann machen wir das."

In dem Moment, als Sarah das sagte, spürte sie, dass Johannes mit ihr sprechen wollte. Er beobachtete die ganze Zeit durch das Fernrohr, was Sarah auf der Erde machte.

„Warte mal kurz." Sarah nahm den Herzkristall, den sie immer bei sich trug, aus der Hosentasche und legte ihn auf ihr Herz. „Zusammen mit Jana kannst du es schaffen", hörte sie die tiefe Stimme von Johannes, dem Vorsitzenden des Rats der Engel. „Aber sag Jana, dass sie ihrer Mutter sagen soll, dass sie bei Oma Mathilde ist. Sonst macht sie sich

Sorgen. Und sie ist doch schon so müde, weil ihr niemand hilft." „Ja, aber, was soll ich denn machen?" Sarah war ratlos. „Kommt Zeit, kommt Rat. Du wirst schon sehen", antwortete Johannes. Dann war das Gespräch vorbei und Sarah legte den Kristall wieder vorsichtig in ihre Rocktasche.

„Jana, sag deiner Mutter Bescheid, dass wir zu Oma Mathilde gehen." „Stimmt. Das habe ich vergessen. Danke, Sarah." Jana ging in den Buchladen und drängelte sich durch die wartenden Menschen.

„Unverschämt! Hier gehe ich nie wieder einkaufen." Die Frau, die das sagte, trug einen schwarzen Pelzmantel, der ziemlich teuer aussah. Auf dem Kopf hatte sie einen giftgrünen Hut. Sarah konnte sich nur mühsam ein Lächeln verbeißen. Da hörte sie schon in ihrem Herzen die tiefe Stimme von Johannes: „Ein Engel lacht nicht über andere." „Ich mag keine Pelzmäntel", sagte Jana leise zu Sarah. „Die armen Tiere." „Ja, ich finde, das muss nicht sein", antwortete Sarah. Wenn sie wieder zu Hause beim Rat der Engel war, würde sie Johannes fragen, warum manche Menschen meinten, sie müssten Pelzmäntel tragen.

„Mama, ich gehe zu Oma Mathilde", rief Jana laut. „Ist okay", antwortete Christina.

Oma Mathilde wohnte in einer Wohnung in einem Haus mit mehreren Wohnungen. Es war schon ein altes Haus, aber die Wohnungen waren gemütlich. Sie hatten hohe Decken, die mit Stuck verziert waren und Dielenfußböden, die knarrten, wenn man auf ihnen ging. Allerdings gab es keinen Fahrstuhl und die Treppen waren viel höher als bei Neubauten. „Uff, ganz schön anstrengend", dachte Sarah. Aber leider durfte sie in Gegenwart der Menschen nicht fliegen und musste deshalb hinter Jana herlaufen.

Endlich waren sie im dritten Stock angelangt. Als sie vor der Tür von Oma Mathilde standen, hörten sie, wie jemand hinter der Tür weinte. Sarah fragte: „Ist das Oma Mathilde?" „Ja, das ist sie", sagte Jana. „Wir müssen sie unbedingt trösten. Sie kommt immer an Heiligabend zu uns, damit sie nicht alleine ist. Jana klingelte. Das Weinen hinter der Tür hörte auf und Sarah und Jana hörten, wie sich Schritte der Tür näherten. Oma Mathilde öffnete. „Ach, Jana, du bist es", sagte sie mit trauriger Stimme. „Komm rein."

„Hm…Oma Mathilde sieht mich nicht", stellte Sarah fest. „Ich werde einen Kristall nehmen und ihr die Hand aufs Herz legen. Vielleicht sagt sie dann, warum sie so traurig ist."

Als Sarah und Jana bei Oma Mathilde in der Küche saßen, sahen sie, dass Oma Mathilde gerade dabei war, Plätzchen zu backen. „Früher seid ihr öfters mal vorbei gekommen. Aber seitdem Vanessa groß ist und du in der Schule bist, sehe ich euch kaum noch", sagte Oma Mathilde traurig. „Ja, als der Franz noch lebte", da war es Weihnachten immer schön. Aber jetzt bin ich schon so lange alleine. Und bald kann ich die Treppen nicht mehr steigen." Oma Mathilde fing wieder an zu weinen.

Sarah zog ein Kristallherz aus der Rocktasche. Es war eines der Herzen aus dem kleinen Säckchen, welches sie in der Nacht mitgebracht hatte. Sie hatte sie morgens noch im letzten Moment aus dem Schrank genommen, bevor sie das Schloss verlassen hatte, in welchem sie geschlafen hatte.

Jetzt nahm sie das Kristallherz und legte es Oma Mathilde aufs Herz. Jana schaute zu. Sie hatte bemerkt, dass Sarah für Oma Mathilde genauso unsichtbar war, wie für die meisten Erwachsenen.

„Wie gerne hätte ich Weihnachten wieder bei euch verbracht", sagte Oma Mathilde ganz plötzlich. „Wieso, du kommst doch morgen, wie jedes Jahr", antwortete Jana.

„Nein, deine Eltern haben mich dieses Jahr nicht eingeladen." „Das haben sie bestimmt vergessen." Ich ruf mal den Papa an, die Mama hat so viel Stress. Darf ich? „Ja, gerne", antwortete sie.

Während Jana zum Telefon im Flur ging, hielt Sarah immer noch den Kristall fest an Oma Mathildes Herz. Langsam sah sie, wie es sich wieder mit Licht füllte. Oma Mathilde hörte auf zu weinen und lächelte. „Oh, ich glaube, mir geht es besser.

Ich weiß zwar nicht, warum. Aber ich fühle mich leichter.

Kai dachte immer noch darüber nach, was passieren konnte, dass der Kommissar so abgelenkt war, dass die Leiche heimlich verschwinden konnte. Er murmelte vor sich hin: „Also, die Leiche ist verschwunden und Kommissar Weinert ist perplex. Jetzt fragt er sich gerade, ob er sich vielleicht getäuscht hat. Da kommt der Chef der Firma zur Tür herein und sagt: „Also, das ist wirklich ein schwarzer Tag für unser Unternehmen. Unser bester Investmentbanker ist tot." Stimmt, Kommissar Weinert hatte vergessen, dass der Chef die Leiche ja gefunden hatte. Er konnte sich gar nicht getäuscht haben. Ja, das ist es! Ja, das ist es!" Wieder ein Puzzleteil in diesem verworrenen Krimi. Kai atmete tief durch. Dann schrieb er weiter.

Er hämmerte in die Tasten seines Notebooks. Das Café war mittlerweile leer geworden. Für diesen Samstag hatten die Menschen die Wäsche gewaschen und widmeten sich wieder ihren Weihnachtseinkäufen.

Kai schreckte hoch, als das Telefon klingelte, und er die Nummer sah. „Oh, Oma Mathilde." Hoffentlich ist es nichts Ernstes.

Es war ein ungeschriebenes Gesetz bei Familie Werner. Wenn Oma Mathilde anrief, dann musste man immer ans Telefon gehen. Schließlich war sie alt und lebte alleine. „Ja", rief Kai ein bisschen unwirsch in das Mikro seines Smartphones. „Papa, hier ist Jana." „Sag mal, Oma Mathilde kommt doch Heiligabend zu uns, oder?" „Ach, du bist es, Jana. Natürlich, wieso?" „Weil sie keine Einladung bekommen hat." Oh, Mist. Kai kramte in seiner Aktentasche. Die sollte ich ihr schon vor einer Woche vorbeibringen. Das habe ich ganz vergessen. Sag Oma Mathilde, dass ich ihr die Einladung nachher vorbeibringe." Als Jana gerade fragen wollte, wo ihr Papa war, da hatte er auch schon wieder aufgelegt.

Schnell erzählte Jana Oma Mathilde, was Kai gesagt hatte und dass alles ein Versehen war. „Ich pass auf, dass Papa dir die Einladung bringt", sagte sie. Jetzt freute Oma Mathilde sich und lächelte.

Als Jana und Sarah wieder vor dem Buchladen angekommen waren, war es dunkel geworden. Sarah sah, wie müde Christina war. Sie sah auch, dass sie ständig auf die Uhr schaute, natürlich so, dass es keiner in der Schlange an der Kasse merkte. „Nein, ich kann ihnen das Geschenk nicht einpacken, Sie sehen doch, was hier los ist", antwortete sie gereizt. „Mensch, wo bleibt Kai denn? Ich muss doch zur Chorprobe.

Schon seit Jahren sang Christina im Kirchenchor und immer einen Tag vor Heiligabend war die Generalprobe. Sie schaute durch das Fenster, doch von Kai war nichts zu sehen. Auf seinem Handy erreichte sie ihn auch nicht. Und auch bei Vanessa kam nur eine Bandansage: "The person you have called is temporarily not available." "Mensch, wo stecken die nur? Ich muss doch los."

Plötzlich ertönte vor dem Laden eine tiefe, laute Männerstimme: „Ihr werdet sehen, alles geht den Bach runter. Nichts wird mehr sein, wie es war. Ihr meint wohl, die Welt geht nicht mehr unter, nur weil der 21. Dezember 2012 vorbei ist. Die haben sich doch bloß verrechnet. Ihr werdet sehen. Alles geht den Bach runter." Sarah schaute erstaunt, wer da in der Dunkelheit brüllte. „Ach, der Mann steht seit ein paar Tagen öfters hier", erklärte Jana. „Auch das noch, der hat mir gerade noch gefehlt", rief Christina laut. Sie rief so laut, dass die Leute, die an der Kasse warteten, instinktiv einen Schritt zurücktraten.

„Hm..., was mache ich jetzt?" Sarah schaute in ihr Herz. Hier ging gerade alles drunter und drüber und dann noch dieser seltsame Typ. Vielleicht ist er irgendwie traurig und ich kann ihm helfen?"

Währenddessen war Jana in den Laden gegangen. In einer ruhigen Minute, als gerade keiner an der Kasse wartete, sagte sie zu ihrer Mutter:

„Papa hat vergessen, Oma Mathilde einzuladen." Christina stöhnte. „Ich bin so sauer auf den." Er ist nicht zu erreichen, und ich hätte zur Chorprobe gemusst. Vergisst der denn alles? Was macht der denn nur?"

„Am besten du gehst zu Oma Mathilde und rufst von dort an, dann muss er das Gespräch annehmen", sagte Jana. „Ganz schön klug, meine Kleine. Aber ich kann dich doch nicht allein im Laden lassen", antwortete Christina." Ach, ich mache das schon." Jana wusste, dass Sarah da war und mit einem Engel an ihrer Seite würde nichts passieren, dessen war sie sich sicher. „Gut, dann gehe ich mal schnell und mache das, ich bin gleich zurück."

„Wartet nur, wenn Weihnachten vorbei ist, dann geht die Welt unter. Ihr werdet schon sehen. Alles wird ganz schlimm. Ihr werdet alle arbeitslos, ihr werdet hungern, ihr werdet eure dicken Autos verkaufen müssen, eure Pelzmäntel und eure Häuser!" Der Mann vor dem Buchladen hatte wieder damit begonnen, laut zu brüllen.

Sarah schlich sich an ihn heran und holte eines ihrer Kristallherzen aus der Rocktasche. Vorsichtig legte sie es dem Mann aufs Herz. Plötzlich hörte der Mann auf zu brüllen und weinte. „Ach, wie schön war es letztes Jahr zu Weihnachten.

Wie gerne habe ich den Menschen die Bücher eingepackt, die sie als Geschenk gekauft haben. Oder wie gerne habe ich Kinder glücklich gemacht, wenn wieder ein neues Buch ihrer Lieblings-Fantasy-Serie erschienen war und ich es ihnen gezeigt habe. Ach, ja. Seitdem es Schmidt & Schönhaar nicht mehr gibt, ist alles so leer und traurig."

„Hm…der versteht offenbar was von Büchern", murmelte Sarah. Das muss ich Jana erzählen.

In diesem Augenblick kam Christina zur Buchhandlung zurück. Als sie gerade an dem Mann vorbeigehen wollte, stoppte sie plötzlich, obwohl sie eigentlich gleich in den Laden gehen wollte. Sie konnte ja nicht wissen, dass Sarah ihr heimlich ein Kristallherz auf ihr Herz gelegt hatte, um ihr Liebe zu schenken. „Warum stehen Sie eigentlich immer ausgerechnet vor unserem Laden? Das stört", sagte Christina unwirsch zu dem Mann. Daraufhin fing der Mann wieder an zu weinen. Sarah legte jetzt auch noch ihre Hand auf das Herz des Mannes.

Jetzt begann es endlich, sich mit Licht zu füllen und der Mann hörte auf zu weinen. Plötzlich erkannte Christina ihn. „Mensch, jetzt weiß ich, wer sie sind. Sie sind der Jonas von Schmidt & Schönhaar. „Jawohl, Buchhändler mit Leib und Seele", antwortete er. „Ja, schade, dass Schmidt & Schönhaar den Laden schließen musste. Aber ich könnte jemanden gebrauchen…"

Erleichtert ließ Sarah die beiden Kristallherzen in ihre Tasche gleiten. „Hast du Papa eigentlich erreicht?" Jana war aus dem Laden gekommen. „Ja, habe ich, und ich habe noch was viel Besseres:

„Jonas hat bis vor ein paar Wochen bei Schmidt & Schönhaar gearbeitet und wird jetzt bei uns aushelfen." Sarah sah, wie der Mann lachte und es sah aus, als ob das Licht in seinem Herzen besonders hell leuchtete. „Vielleicht war das ein Zeichen dafür, dass die Menschen ihre Träume lebten, wenn das Licht in ihren Herzen so besonders hell war", sagte sie zu sich selbst. Sie beschloss, auch das Johannes zu fragen, wenn sie wieder im Kristallpalast war.

Und dann war es endlich Heiligabend und alle saßen vor dem Weihnachtsbaum: Kai, Christina, Vanessa, Jana und natürlich auch Oma Mathilde. Es klingelte und Vanessa sprang auf. „Vielleicht ist es Daniel", rief sie. „Wer ist Daniel?" Kai wirkte plötzlich ziemlich streng, als er das fragte. „Na, mein neuer Freund. Ich hab ihn eingeladen." „Ja, aber, das hättest du doch mit uns besprechen müssen", wollte Christina gerade anfangen.

Doch da kam Jana mit dem Weihnachtsmann. Er war es, der geklingelt hatte. Und er hatte einen großen Sack voller Geschenke dabei und als er sprach, fragte Jana sich, ob es Jonas, der Buchhändler war, denn seine Stimme klang wie die des Mannes, der vor dem Buchladen gestanden hatte.

„Oh, was ist das denn?" Christina packte eines ihrer Geschenke aus. Es war ein Buch. Doch es war nicht irgendein Buch. Es war ein Krimi.

Das war auch nichts Besonderes. Denn jeder in der Familie wusste, wie gerne Christina Krimis las. Doch dann schaute sie auf den Namen des Autors „Kai Werner". „Das bist ja du?" Sie schaute erstaunt zu Kai. Nein, von alledem hatte sie nichts gewusst. „Ja, das Buch ist gerade erschienen und stell dir vor: Der nächste Krimi ist auch schon in Arbeit. Ich bin so glücklich, dass der Detektiv-Verlag mich als Autor unter Vertrag genommen hat." „Und ich habe mich immer gewundert, was du machst, wenn du plötzlich verschwunden bist." Christina wusste nicht mehr, was sie sagen sollte. Irgendwie war sie stolz auf Kai, auch wenn sie durch seine Abwesenheit im Buchladen gerade in den letzten Tagen viel Stress gehabt hatte.

Nachdem die Geschenke ausgepackt waren, schlich Jana sich unbemerkt aus dem Wohnzimmer und ging in ihr Zimmer. Sie wollte sich noch von Sarah verabschieden, bevor sie zurück zum Kristallpalast in den Himmel flog.

Sarah wartete schon in ihrem Zimmer auf sie. Jana war traurig, dass sie sich jetzt von Sarah verabschieden musste. Doch Sarah hatte noch eine Überraschung für sie: „Hier, das ist für dich." Sarah legte ihr ein Kristallherz in die Hand, das in allen Regenbogenfarben funkelte. „Wenn du diesen Kristall auf dein Herz legst, kannst du mit mir sprechen", sagte Sarah zu ihr.

„Vielen Dank noch mal für alles." Dann umarmte sie Jana und flog durch das geöffnete Fenster. Ihr Kleid leuchtete noch lange in der Dunkelheit der Nacht, bis Sarah nicht mehr zu sehen war.

Eine überraschende Weihnachtsbotschaft

Es war wie jedes Jahr an Heiligabend. „Schatz, du weißt, dass ich wieder arbeiten muss", sagte die Mutter zu Lea, als diese sie hoffnungsvoll ansah. „Und Papa auch?" „Ja, Papa muss doch wieder in dem Weihnachtskonzert spielen. Er dachte zwar, dass er dieses Jahr frei hätte, aber leider sagte der andere Flötist ab." „Ach Mama, ich habe keine Lust, schon wieder zu Opa zu gehen. Da ist es so langweilig." „Aber du weißt, dass ich an Heiligabend traditionsgemäß immer die Nachrichten spreche. Sonst findet sich ja niemand, der da abends noch arbeiten will.

Und du weißt, ich liebe meinen Job. Bist du nicht stolz, wenn du deine Mama im Fernsehen siehst?"

„Nein!" Lea fing an zu weinen. „Ich will Eltern haben, wie andere Kinder auch, Eltern, die Weihnachten für mich da sind." „Tja, das gibt es bei uns leider nicht", antwortete die Mutter.

„Lea, bist du fertig?" Das war Großvaters Stimme. „Nein, ich will nicht, ich bleibe alleine zuhause!" Lea hatte sich in ihrem Zimmer eingeschlossen. Am liebsten wollte sie mit niemandem etwas zu tun haben. Doch Großvater kam an ihre Zimmertür und flüsterte: „Lea, hast du denn vergessen, dass ich dir schon letztes Jahr gesagt habe, dass ich dir dieses Mal ein ganz besonderes Geheimnis zeige?" Das hatte Lea tatsächlich vergessen. Und da fiel ihr ein, dass sie eigentlich auch letztes Jahr gerne bei Großvater gewesen war. Dort war es immer so gemütlich, wenn sie am Kamin saßen, das Feuer prasselte angenehm und wärmte sie. Und dann die große Bibliothek. Hier konnte Lea stundenlang stöbern. Dort gab es so viele spannende Bücher und jetzt noch das Geheimnis. Lea wurde richtig neugierig. „Okay, ich komme! Sie kam schnell aus ihrem Zimmer gestürmt und rannte ihren Großvater fast um.

Sie mussten nicht weit fahren. Der Großvater wohnte im Nachbarort. „Siehst du, sogar weiße Weihnachten haben wir", sagte er zu Lea. Tatsächlich begann es gerade wieder zu schneien. „Ich mache uns jetzt erst einmal einen Kakao", sagte der Großvater und dann kommt meine Überraschung für dich. Lea konnte es kaum erwarten. Was das wohl für eine Überraschung war? Aus einem Schrank, der abgeschlossen war, holte der Großvater ein großes, altes, dickes Buch, das in helles Leder gebunden war. Die Seiten hatten einen goldenen Rand und das Buch selbst war auch wieder mit einem extra Schloss versehen, das der Großvater jetzt aufschloss. „Das muss schon ein ganz besonderes Buch sein, denn normalerweise schloss der Großvater nichts ab", dachte Lea.

„Das ist die Geschichte von Jolande, der Weihnachtsfee", begann der Großvater aus dem Buch vorzulesen. „Jolande wohnt in einer Hütte tief im Wald. Ihr erkennt sie an ihren langen rotblonden Haaren. Sie hat grüne Augen und trägt meistens ein zartblaues Kleid, wenn sie zu Weihnachten unterwegs ist." „Ja und was macht Jolande zu Weihnachten?" Lea war ganz gespannt. Bisher kannte sie nur den Weihnachtsmann. Von einer Weihnachtsfee hatte sie noch nie was gehört. „Abwarten", antwortete der Großvater. In diesem Moment klopfte es an der Tür.

„Ich schau mal nach, wer es ist." Der Großvater legte das Buch zur Seite und ging zur Tür.

„Schön, dass du kommst, dann kann es ja losgehen." Lea war erstaunt, als sie Jolande, die Weihnachtsfee sah. Wo kam die denn bloß so schnell her? „Los, wir machen uns auf den Weg zum Weihnachtsmann. Ich schätze, er kann wieder etwas Hilfe gebrauchen", sagte der Großvater.

Und so geschah es, dass sie mit der Weihnachtsfee zusammen auf einem goldenen Schlitten zu den Sternen flogen. Lea war so glücklich, dass sie mit zum Großvater gegangen war. Den Weihnachtsmann wollte sie immer schon mal persönlich kennenlernen. Es dauerte nicht lange, da erreichten Sie schon seine Hütte, die so groß war wie ein Hochhaus, damit alle Geschenke darin Platz hatten. Der Weihnachtsmann schien schon auf Jolande, Lea und den Großvater gewartet zu haben. „Dann kann es ja losgehen", sagte er geheimnisvoll.

In der großen Hütte gab es einen Raum, in dem eine Leinwand war. Auf der erschien jetzt das Bild von Leas Mutter, wie sie sich gerade fertig machte, um die Nachrichten zu lesen. „Was ist denn das?" Lea kam aus dem Staunen nicht mehr heraus. Dann hängte der Weihnachtsmann ihr noch ein Mikrofon um. „Jetzt habe ich eine ganz besondere Überraschung für dich", sagte er und holte eine große Schriftrolle und ein paar goldene Herzen aus seinem Sack. „Diese Herzen sind eine extra Portion Liebe, die du verschenken kannst", sagte er.

„Guten Abend und frohe Weihnachten. Hier ist das KSF, das Kesselstädter Fernsehen mit den Nachrichten", ertönte es plötzlich aus den Lautsprechern neben der großen Leinwand.

„Vor Weihnachten ist es in Kesselstadt immer wieder eine Herausforderung. Heute gab es noch mal mehrere Vorfälle in der Innenstadt. Bei Juwelier Winter wurden kostbare Brillantringe gestohlen. Er merkte es allerdings erst, als er den Laden zum Feierabend schließen wollte. In der Buchhandlung Schulz stritten sich zwei Männer um ein Buch, weil sie dieses Buch beide ihren Frauen schenken wollten. Es kam zu Handgreiflichkeiten. Zum Glück fand eine Buchhändlerin dann doch noch ein zweites Exemplar des Buches im Lager. Vor dem Parkhaus von Kaufhaus Heberstreit bildeten sich lange Schlangen. Autofahrer beschimpften sich gegenseitig. Einer konnte gerade noch daran gehindert werden, einer Frau, die bei der Ausfahrt mit dem Kartenautomaten Schwierigkeiten hatte, die Reifen am Auto aufzustechen. Wir schalten jetzt live in die Innenstadt zu unserer Reporterin Monika Wörner."

„Hallo, hier ist der Weihnachtsmann, ich habe heute einen besonderen Gast hier. Lea ist ein wunderbares Mädchen. Sie wird dieses Jahr die Weihnachtsbotschaft verlesen", ertönte es plötzlich laut im Studio.

„Wa Wa Was ist denn das? Regie, bitte noch mal zu Monika Wörner schalten!" „Geht im Moment nicht. Die Botschaft des Weihnachtsmanns ist wichtiger", kam es aus der Regie. Leas Mutter wusste nicht mehr, was sie sagen sollte, besonders als dann auch noch ihre Tochter auf dem Monitor auftauchte.

„Hallo, ich bin Lea aus Kesselstadt. Ich darf dieses Jahr die Weihnachtsbotschaft lesen. Alle Fernsehsender auf der Welt übertragen diese Botschaft. Sie soll die Menschen jedes Jahr daran erinnern, dass Weihnachten ein Fest der Liebe ist. Liebe kann man auf ganz unterschiedliche Art und Weise weitergeben. Man kann Geschenke machen, jemanden in den Arm nehmen, einen Kuchen backen oder eine Freundin oder einen Freund einladen, der alleine ist. Dieses Jahr macht der Weihnachtsmann allen ein besonders Geschenk. Sehen Sie das goldene Herz in meiner Hand? Es erinnert uns daran, dass Liebe in großer Fülle da ist und dass man sie in seinem Herzen tragen kann. In jedem goldenen Herzen, das der Weihnachtsmann heute verschenkt, ist eine extra Portion Liebe."

Leas Mutter starrte mit offenem Mund auf den Monitor. „Unsere Kleine. Wie souverän sie das macht, ganz die Mutter", dachte sie. „Aber die Kreativität hat sie doch wohl mehr vom Papa. Ach, was sind wir doch für eine wunderbare Familie. Und nun schalten wir zu Monika Wörner." Schon war sie wieder bei der Nachrichtensendung. In der Zwischenzeit flog Lea mit der Weihnachtsfee, dem Weihnachtsmann und dem Großvater nach Kesselstadt, um die Geschenke zu verteilen. Für ihre Eltern und den Großvater hatte sie extra große goldene Herzen im Gepäck.

Es gibt immer einen Weg

Es ist schon lange her, aber in dem kleinen Ort kennt heute noch jeder die Geschichte genauso, wie sie sich damals zugetragen haben muss.

Wie in vielen Orten, gab es dort damals auch eine kleine Buchhandlung. Es war so ein Laden mit hellen Holzregalen und gemütlicher Sitzecke zum Schmökern. Um Weihnachten herum duftete es dort immer verführerisch nach Tannenzweigen und Plätzchen, denn Marie, so wurde die Inhaberin des Ladens von allen genannt, die zu ihr kamen, buk ihre Plätzchen selbst und hatte immer einen Vorrat für ihre Kunden in der Leseecke stehen.

Marie war schon fast sechzig Jahre alt. Seit ihrer Jugend hatte sie nichts anderes gemacht, als von morgens bis abends in ihrem Laden zu stehen und den Menschen aus dem Ort, die bei ihr vorbeischauten, die neuesten Bücher zu empfehlen. Sie liebte diese Arbeit und konnte sich gar nicht vorstellen, eines Tages damit aufzuhören. Und die Menschen liebten sie, ihre Bücher und den kleinen Laden. Ja, bis zu jenem Jahr, in dem vor Weihnachten alles anders lief als sonst.

Zunächst sah es aus, als wäre alles wie immer. Es duftete nach frischen Plätzchen und Tannenzweigen. Die Büchertische waren liebevoll dekoriert. Doch ziemlich bald bemerkte Marie, dass sie die meiste Zeit alleine in ihrem Laden stand. Während sonst die Menschen vor Weihnachten sogar aus den Nachbarorten zu ihr kamen, verirrten sich in jenem Jahr nur einige Wenige in ihren Laden. Wenn sie abends das Geld in der Kasse zählte, reichte es kaum, um sich etwas für eine warme Mahlzeit für den Abend zu kaufen.

Und so fing Marie an, an sich selbst zu zweifeln. „Was mache ich nur falsch?" „Warum kommen die Leute nicht mehr?" „Habe ich nicht die richtigen Bücher?" „Ist mein Laden nicht gemütlich genug?" Diese Fragen gingen ihr durch den Kopf, als sie die Ladentür schloss und in den Schnee hinausging. Draußen waren keine Menschen mehr unterwegs. Nur ein älterer Mann mit einem schwarzen Hund begegnete ihr in dem Schneetreiben und beachtete sie nicht. Vermutlich sah er auch nicht, wie Marie weinte.

Am nächsten Tag kam sie auf dem Weg zu ihrer Buchhandlung an einer Menschenansammlung vorbei. Sie bekam nur einige Wortfetzen von dem mit, was die Leute redeten. „Ist ja toll.", „meterhohe Regale", "Türme von Büchern." „Da gibt es alles, was ich haben will."

Sie fragte sich, was die Leute nur meinten. Doch dann sagte jemand etwas, da presste sich ihr Herz zusammen und wurde plötzlich ganz klein:

„Die Buchhandlung hier im Ort wird bestimmt bald schließen. Dem ist die Marie nicht gewachsen. Es lohnt sich aber auch wirklich, in den Nachbarort zu fahren, in dem Kaufhaus gibt es einfach alles."
„Ja, aber am besten ist doch die Buchabteilung!", rief jemand dazwischen. Marie erkannte sofort Frau Meier, eine ihrer eifrigsten Kundinnen. So eine richtige Leseratte, die jeden Roman gleich bestellte, noch bevor er überhaupt erschienen war.

Marie erschrak. Was war, wenn sie ihren kleinen Laden schließen musste, den sie so sehr liebte und von dem auch ihr Lebensunterhalt abhing? Nicht auszudenken. Schon wieder krampfte sich ihr Herz zusammen. Als sie die Tür aufschloss, fragte sie sich, wie oft sie das wohl noch tun würde. In der Leseecke standen noch die Plätzchen vom Vortrag. Sie waren nicht angerührt worden. Nur zwei Leute hatten sich zu ihr in den Laden verirrt. Sie waren wohl auf der Durchreise und wussten nicht, dass es neuerdings im Nachbarort dieses Kaufhaus gab.

Marie setzte sich auf das Sofa in der Leseecke und weinte. Sie bemerkte gar nicht, dass noch jemand im Laden war. Ein Wesen mit einem Schlapphut aus lilafarbenem Filz, mit roten Haaren und einem grünen Wollanzug stellte sich hinter sie und sagte mit tiefer Stimme: „Du hast dein größtes Geschenk vergessen. Erinnerst du dich denn gar nicht mehr daran? Dein größtes Geschenk ist nicht dein Buchladen. Dein größtes Geschenk ist dein Lebensbuch. Jeder hat ein Lebensbuch."

Erschrocken drehte Marie sich um. Wer bist du? „Sie schaute dieses Wesen, das ihren Büchern entsprungen zu sein schien, erstaunt an. War es ein frecher Junge? Für einen Mann war es zu jung. Die roten Haare zu dem lilafarbenen Filzhut sahen zu komisch aus, so dass sie schon wieder lächeln musste. Die Schuhe kamen wohl eher aus Omas Mottenkiste. Schwarzer Lack und spitz zulaufend vorne. „Wer bist du und was machst du in meinem Laden?", fragte sie. „Ich bin gekommen, um dir zu helfen", antwortete das Wesen ziemlich selbstbewusst und von sich überzeugt. „Du mir helfen?" Marie konnte das nicht glauben.

„Doch, denn du wirst jetzt von mir dein Lebensbuch bekommen." Plötzlich hatte er ein Buch in der Hand, das er wie aus dem Nichts zu zaubern schien. Es war in hellbraunes Leder gebunden und sah schon ein bisschen gebraucht aus. Die Seiten waren kostbar, aus dickem Papier mit Goldschnitt. Marie öffnete es, doch auf den Seiten stand nichts. „Du musst es füllen. Nur du kannst es für dich tun. Wenn du es für dich tust, werden noch mehr Menschen kommen, denn das Lebensbuch gibt es nicht überall und in großen Kaufhäusern findet man es sowieso nicht." „Warte!", rief Marie und stand auf, um einen Stift zu holen. Sie hatte einen ganz besonderen Füllfederhalter von ihrem Großvater, der auch schon Buchhändler gewesen war und Bücher genauso geliebt hatte, wie sie. Doch als sie mit dem Stift zurückkam, war das Wesen verschwunden.

Aufgeregt begann Marie in ihr Lebensbuch zu schreiben. Sie schrieb alles auf, woran sie sich aus ihrem Leben noch erinnern konnte und plötzlich kamen die Worte wie von selbst. Dann geschah das Unglaubliche: Sie erinnerte sich daran, dass sie als Kind immer davon geträumt hatte, Bücher zu schreiben. Aber weil man ihr gesagt hatte, dass man damit wohl verhungern würde, entschloss sie sich, Bücher zu verkaufen. Doch nun kam dieser Traum, der so lange in ihrem Inneren verborgen gewesen war, mit aller Macht hoch und manifestierte sich auf den Seiten ihres Lebensbuches.

Als sie fertig mit dem Schreiben war, war es schon dunkel geworden. Die Straßenlaternen warfen ihr sanftes, gelbes Licht in den Laden und draußen vor dem Schaufenster drückte sich das Wesen, das Marie morgens besucht hatte, die Nase platt und sah höchst zufrieden aus.

Es dauerte nicht lange, da hatte Marie ihr erstes Buch fertig geschrieben. Und wie durch ein Wunder schien sich ihr Weg zu ebnen, als wäre alles so vorherbestimmt, als müsste es einfach so sein. Das Buch erschien bei einem der größten Verlage des

Landes und sogar das neue Kaufhaus im Nachbarort riss sich um Exemplare.

Jetzt kamen die Menschen zu Marie in den Laden geströmt, denn die Geschichte von dem Lebensbuch und dem wundersamen Wesen hatte sich bis weit über die Grenzen des kleinen Ortes hinaus herumgesprochen. Viele Menschen wollten ihr eigenes Lebensbuch schreiben. Und wenn die Menschen in der kleinen Buchhandlung saßen und den ganzen Tag schrieben, dann schien es manchmal so, als würde ihnen jemand über die Schulter schauen, nur für kurze Zeit, um dann wieder heimlich still und leise, lächelnd hinter einem der Bücherregale zu verschwinden.

Alarm auf dem Weihnachtsmarkt

Melanie und Sina waren an diesem Samstag schon ganz früh aufgestanden, um auf den Weihnachtsmarkt zu gehen. Dieser Samstag war der letzte Samstag vor Weihnachten und der Weihnachtsmarkt hatte das letzte Mal geöffnet. Es war der erste Ferientag in den Weihnachtsferien.

„Ach, wie gut, dass es endlich so weit ist", sagte Melanie zu Sina, als sie diese abholte.

Sina und Melanie gingen zusammen in die vierte Klasse der Grundschule von Hellenfeld, einer Kleinstadt, in der sie auch beide aufgewachsen waren. Beide hatten schnell entdeckt, dass sie Weihnachtsmärkte liebten. Sie liebten den Geruch nach gebrannten Mandeln und Tannenzweigen, den alkoholfreien Punsch, den es am Kinderstand immer gab, und der sie aufwärmte. Besonders schön fanden sie es, wenn es schneite und die Buden aussahen, wie mit Zuckerguss bestreut. Manche Weihnachtsmarktbudenbesitzer kannten sie schon ganz lange. Kein Wunder, in jeder freien Minute trieben sie sich auf dem Weihnachtsmarkt herum. Zwei Weihnachtsmarktbudenbesitzer hatten sie besonders gern: Fritz, der gebrannte Mandeln verkaufte, Mandeln mit Schokoladeüberzug, Mandeln mit Vanille, Mandeln mit Zimt, Mandeln pur und

Mandeln mit Nougat-Umhüllung und Emilie, die Weihnachtsartikel aus aller Welt verkaufte. An diesem Tag wollten sie zuerst zu Fritz gehen, um sich eine Tüte Mandeln zu kaufen. „Hier müsste es eigentlich sein", murmelte Melanie. Hier müsste der Fritz seinen Stand haben. Hm…, die Mandeln vom Fritz schmeckten immer besonders lecker. Sie waren sozusagen ein Geheimtipp und die meisten Menschen in Hellenfeld wussten das.

Doch als Melanie und Sina sich dem Platz näherten, auf dem Fritz immer mit seiner Bude stand, war dort eine Lücke. „Merkwürdig, vor ein paar Tagen war der Fritz doch noch dagewesen. „Ach, schau mal, da ist die Emilie", sagte Melanie. Emilie winkte den beiden Mädchen schon von Weitem. „Hallo, ihr zwei ."

Emilie war gerade dabei, ihre Weihnachtsmarktbude umzudekorieren. „Der Zauber der Welt" stand in großen Buchstaben über der Verkaufsfläche. Emilie sammelte Weihnachtsschätze aus allen Ländern und verkaufte sie dann auf dem Weihnachtsmarkt von Hellenfeld. Ganz gleich, ob jemand etwas aus Japan, aus Russland, aus den USA oder vielleicht aus Brasilien suchte, bei Emilie fand er es. So etwas gab es auf dem Weihnachtsmarkt kein zweites Mal. „Das gibt es doch nicht, meine Weihnachtsmarktbude ist weg!", rief eine tiefe Stimme. „Ich muss die Polizei rufen."

„Komm, lass uns mal schauen, was da los ist", sagte Sina. Sie wollte später mal Polizistin werden. Kein Wunder, ihr Vater war Kriminalkommissar in Hellenfeld. Er sagte zwar immer „Das ist nichts für Mädchen und Frauen", aber Sina ließ sich davon nicht abhalten. „Ich will, dass es den Menschen Freude macht, in der Welt zu leben und dass sie nicht mehr so viel Angst haben müssen", antwortete sie ihrem Vater immer wieder, wenn der den Kopf schüttelte, weil sie unbedingt mit ihm auf die Polizeiwache wollte und Karate lernen wollte.

Melanie hingegen liebte es, zu träumen und zu meditieren. Sie hatte Sina schon öfters erzählt, dass sie mit einem Schutzengel namens Josephine sprach. Josephine gab ihr immer Tipps, wenn sie mal einen Rat brauchte und tröstete sie, wenn sie traurig war. Sie war so etwas wie eine unsichtbare Freundin für Melanie, die alle Erlebnisse, die sie mit Josephine hatte, immer in ihr Tagebuch schrieb.

„Los, komm", Sina zog Melanie am Arm. „Ne, du ich hab keine Lust, da in irgendwas reinzugeraten", antwortete Melanie. Wer weiß, vielleicht ist es gefährlich. „Ach, komm", was soll denn am helllichten Tag passieren, mit lauter Weihnachtsmarktbuden drumherum und den vielen Menschen", antwortete Sina ungeduldig. „Na, gut. Wir gucken kurz und dann gehen wir wieder zurück zu

Emilie", antwortete Melanie, nicht ohne vorher noch schnell innerlich Josephine zu rufen, sie möge bei ihr sein.

„Also, jetzt erzählen Sie mal ganz ruhig, was passiert ist." Sina hörte eine ihr bekannte Stimme. Es war Hauptwachmeister Max. Er war öfters bei ihren Eltern zu Besuch und hatte als Einziger Verständnis dafür, dass sie Polizistin werden wollte. „Pst…wir zeigen uns lieber nicht", flüsterte sie Melanie ins Ohr. „Oh, je, das ist ja der Fritz!" Melanie rief so laut, dass ein paar Leute sich nach ihr umdrehten. „Pst, schön leise sein", mahnte Sina noch einmal.

„Ja, also, ich bin heute Morgen zu meiner Bude gekommen, bzw. zu dem Platz, wo sie immer steht und da war … nichts. Sie sehen es ja selbst, meine Herren: Nichts!", rief Fritz entrüstet.

Max war mit noch einem anderen Polizisten zusammen gekommen. Er hieß Karl, aber alle nannten ihn immer nur Charlie. Natürlich kannte Sina ihn auch. Er war ziemlich streng und meinte immer wieder, dass Kinder absolut nichts auf der Polizeiwache zu suchen hätten und was den Beruf des Polizisten anbelangte, war er einer Meinung mit Sinas Vater, dass das wohl nur was für harte Jungs sei. „Oh, der Charlie ist auch dabei", sagte Sina. „Wenn der auch nur irgendwie wittert, dass ich hier bei der Aufklärung des Falls mitmachen will, dann sagt er es meinem Vater."

„Na, dann erzählen Sie mal", sagte Max. „Ja, also, gestern war noch alles in Ordnung. Meine Bude war da, die Leute kamen zu mir und das Geschäft lief super. Abends hatte ich fast keine Vanille-Mandeln mehr. Ich bin also ein bisschen früher nach Hause gegangen, um noch ein paar Vanille-Mandeln herzustellen. Als ich heute Morgen kam, war die Bude weg, so als hätte sie nie hier gestanden." „Ja, haben Sie denn alles abgeschlossen?", fragte Charlie und notierte alles in einem schwarzen Notizbuch. „Ja, ich sichere alles immer mit einem extra Schloss. Gerade letztes Jahr hat man mir dieses besondere Sicherheitsschloss empfohlen. Mensch, ausgerechnet, wo heute der letzte Tag des Weihnachtsmarktes ist." „Haben Sie denn wenigstens Ihre Einnahmen mit nach Hause genommen, oder sind die auch verschwunden?", fragte Max. Er hoffte, dass das nicht auch noch passiert war. Er liebte nämlich die Zimtmandeln von Fritz. „Ne, zum Glück habe ich alles mit nach Hause genommen", antwortete Fritz.

„Tja, dann werde ich mal die umliegenden Weihnachtsmarktbudenbesitzer fragen, ob sie was gesehen haben", sagte Charlie und verschwand. „Komm, lass uns verschwinden", rief Sina, „bevor

Charlie uns sieht, gehen wir lieber zu Emilie."

An Emilies Stand gab es immer ganz besondere Dinge zu entdecken. Natürlich hatte sie ein Buch über Weihnachtsbräuche aus aller Welt. Oder ein Kochbuch mit russischen Weihnachtsrezepten. Eine italienische Befana, eine Hexe, die dort traditionell den Kindern die Geschenke bringt, durfte natürlich auch nicht fehlen. Es gab auch schwedische Weihnachtswichtel, bunten Weihnachtsschmuck aus den USA, einen Santa Claus, der von innen leuchtete und der einen Tannenbaum in der Hand hielt, dessen Lichter die Farben wechselten.

„Mir gefällt am besten der australische Weihnachtsmann mit der Badehose und den Wasserskiern", rief Melanie. Das ist doch mal was ganz Besonderes. Da Melanie eine Tante hatte, die in Australien lebte, wusste sie natürlich, dass dort zur Weihnachtszeit Sommer war. „Ich mag den japanischen Baumkuchen am meisten", widersprach Sina. Der schmeckt total lecker. Ja, bei Emilie konnte man sich nicht sattsehen, es gab ganz viele spannende Dinge zu entdecken. Doch leider bog Charlie nach einer Weile um die Ecke und Sina zerrte Melanie am Arm und forderte sie zum Weitergehen auf. Nachdem sie eine Weile über den Weihnachtsmarkt spaziert waren, entdeckte Melanie in einem der Gänge etwas Merkwürdiges: „Schau mal, Sina. Hier ist ein Stück von Fritz'

Weihnachtsmarkt-Bude. Sie blickte in einen großen Mülleimer, der direkt neben einem Stand war, wo es Bratwürstchen gab. „Tatsächlich, da kann man ja gerade noch lesen „Fritz'-Mandelshop".

Wer konnte das gewesen sein? „Komm, wir schauen mal, ob wir Fritz finden, vielleicht können wir ihm helfen", schlug Sina vor.

„Moment, ich muss erst mal alles in mein Tagebuch schreiben, sonst vergesse ich es wieder", antwortete Melanie. Sie setzte sich kurz auf eine der Bänke, die vor dem Bratwurststand waren und begann zu schreiben. Dabei schloss sie oft die Augen, und es schien, als würde sie schlafen und träumen. In Wirklichkeit kommunizierte sie gerade mit Josephine.

„Gut, ich gehe dann mal und schaue, ob ich Fritz finde", rief Sina. Fritz stand immer noch an dem Platz, wo seine Bude vorher gestanden hatte. „Alles weg", murmelte er immer wieder traurig. „Hey Fritz!", rief Sina. „Ach, Sina, was ist nur hier in der Stadt los?" fragte Fritz. „Hast du irgendwas beobachtet? Gab es mit irgendjemandem Streit?" fragte Sina. „Mann, du fragst ja wie die Polizei", antwortete Fritz. „Hm... ich weiß nicht. Gestern Abend schlich jemand um meinen Stand herum und machte sich Notizen. Er wollte nicht, dass ich es bemerkte. Als ich ihn fragte, ob er von den Mandeln probieren wolle, verschwand er schnell.

Leider konnte ich nicht viel von seinem Gesicht sehen, weil er eine Mütze trug."

„Wir haben in einem Abfalleimer bei der Würstchenbude einen Teil von deinem Stand gesehen, sagte Sina. „Nein! Das darf nicht wahr sein, bitte nicht!" Fritz wurde wieder traurig. Gerade in diesem Jahr hatte er keinen so guten Umsatz gemacht. Dadurch, dass Glatteis und Regen sich abwechselten, kamen weniger Leute als in den Jahren zuvor. „Ich darf gar nicht daran denken, was es mich kostet, wenn ich alles wieder neu machen muss. Vielleicht werde ich nächstes Jahr dann gar nicht mehr kommen", sagte Fritz traurig.

„Das geht auf keinen Fall!" Das war Sina so herausgerutscht. Sie liebte den Mandelstand des alten Mannes, der immer freundlich zu Kindern und Erwachsenen war und dessen Mandeln so besonders gut schmeckten.

In diesem Moment kam Melanie um die Ecke und rief: „Stell dir mal vor, Charlie war am Würstchenstand und hat das Teil von Fritz' Stand aus dem Mülleimer geholt!" „Ja, klar. Die müssen doch schauen, ob da irgendwelche Fingerabdrücke drauf sind", antwortete Sina.

„Wir gehen mal ein bisschen über den Weihnachtsmarkt. Mal sehen, ob wir was Auffälliges sehen, was die Polizei nicht entdeckt", sagte Melanie. Als die beiden ein bisschen weiter entfernt von

Fritz standen, flüsterte Melanie Sina ins Ohr: „Du, ich habe Josephine gefragt, was hier los ist. Sie hat mir gesagt, dass wir hier auf dem Weihnachtsmarkt noch einen versteckten Hinweis finden würden, wenn wir genau schauen würden. Verstehst du das?" „Ne, im Moment noch nicht. Aber, wenn Josephine das sagt, dann ist da vielleicht was dran", antwortete Sina. „Pass auf, wir machen es so: Du notierst alles, was uns auffällt in deinem Tagebuch und dann gehen wir zu dir nach Hause und werten das aus."

Charlie und Max saßen auf den Bänken an der Würstchenbude und betrachteten das Teil von Fritz' Bude, was im Mülleimer gelegen hatte. „Was meinst du, Max", mutmaßte Charlie. Kann es nicht vielleicht auch sein, dass Fritz das alles nur vortäuscht? Vielleicht hat er seine Bude selbst zerstört, um Geld von seiner Versicherung zu kassieren?" „Sag, mal, spinnst du!", Max wurde echt wütend. „Wie kommst du darauf? Du hast doch gesehen, wie aufgeregt Fritz war!" „Na ja, ich muss doch in alle Richtungen schauen, so habe ich das zumindest mal gelernt. Weißt du was, wir reden noch mal mit Fritz. Vielleicht gibt er dann ja zu, dass er es selbst war." „Da kannst du aber alleine gehen", antwortete Max. „Gut, dann gehe ich eben alleine!" Charlie war fest entschlossen, der Spur zu folgen, auf die ihn seine Gedanken gebracht hatten.

Fritz wollte gerade den Platz verlassen, auf dem seine Bude gestanden hatte, als Charlie ihn rief: „Fritz, ich habe da noch mal eine Frage ... Wie hoch ist Ihre Bude eigentlich versichert?" „Wieso fragen Sie das?", antwortete Fritz erstaunt.

„Na ja, letztes Jahr auf dem Frühlingsmarkt, gab es einen Fall, da war ein Eiswagen plötzlich über Nacht verschwunden. Erst später stellte sich heraus, dass der Besitzer den Wagen selbst versteckt hatte, um Geld von der Versicherung zu kassieren."

„Moment mal!" Jetzt wurde Fritz wütend. „Sie meinen also, dass ich das alles nur inszeniert habe, um von meiner Versicherung Geld zu bekommen? Haben Sie dafür irgendeinen Hinweis?" „Nun ja, mir ist eingefallen, dass jeder, der hier einen Stand hat, einen Fragebogen ausfüllen musste. Auf Grund der Erfahrungen vom letzten Frühlingsmarkt, hat das Ordnungsamt noch eine Frage mit aufgenommen, nämlich, wie hoch die Stände versichert sind und ob die Versicherung in den letzten Jahren erhöht wurde. Genau das war nämlich bei dem Eiswagenbesitzer der Fall gewesen.

Die ausgefüllten Fragebögen liegen auch unserer Polizeidienststelle vor. Nachdem, was hier passiert ist, habe ich mir Ihren Fragebogen vorhin noch mal angeschaut und festgestellt, dass Sie die Summe um 20 Prozent erhöht haben." „Ja, aber doch nur, weil ich immer wieder höre, dass etwas passieren kann", antwortete Fritz. „Glauben Sie im Ernst, ich zerstöre meine eigene Weihnachtsmarktbude?" „Wer weiß?", antwortete Charlie.

Inzwischen wanderten Sina und Melanie die Weihnachtsmarktstände ab. Da gab es den Waffel-Michel, der hatte auch Mandeln, aber hauptsächlich Waffeln. Er grüßte die beiden Mädchen freundlich und freute sich, sie zu sehen. „Na, mögt ihr eine Waffel?", fragte er. „Gerne", antworteten beide. Die Waffeln waren einfach lecker, genauso lecker, wie die Mandeln von Fritz.

Nebenan war ein Stand, dort gab es Kerzen und Weihnachtsbaumschmuck. Auch dieser Stand gehörte schon seit Jahren zum Weihnachtsmarkt in Hellenfeld. Melanie liebte die Weihnachtsbaum-Engel. Einer von ihnen sah Josephine ähnlich. Wie gerne hätte sie diesen Engel gehabt, doch ihr Taschengeld reichte dafür nicht. Ihre Mutter fand ihn zu kitschig und wollte dafür kein Geld ausgeben.

Neben der Bude mit den Kerzen und dem Weihnachtsbaumschmuck gab es noch den Mandel-Meyer. Der war erst das zweite Mal auf dem Weihnachtsmarkt von Hellenfeld. Vor dem Stand bildete sich gerade eine lange Schlange. Der Mann an dem Stand, der die Mandeln verkaufte, hatte eine rote Nase und rote Bäckchen. „Du schau mal, hast du das gesehen? Der hat ja auch Zimtmandeln und Vanillemandeln!", rief Sina laut.

„Verschwindet!" rief der Mann unfreundlich, als er die Kinder sah.

Einige in der Reihe, die ihre Mandeln haben wollten bekamen das mit und schüttelten den Kopf. „Wenn doch nur der Fritz seinen Stand wieder hätte", rief ein Mann. Da würde ich meine Mandeln viel lieber kaufen." Als der Mann das hörte, wurde seine rote Nase noch röter und die roten Bäckchen verfärbten sich dunkelrot. „So ein Quatsch", brummelte er in seinen nicht vorhandenen Bart. Bei mir gibt es eindeutig die besten Mandeln. Echtes, uraltes Geheimrezept aus München!"

„Hast du das gelesen? fragte Melanie aufgeregt. „Ja, Vanille-Mandeln nach uraltem Geheimrezept.

Genau ein solches Schild stand immer bei Fritz am Stand." Ja, das stimmte. Bei Fritz in der Familie wurde dieses Rezept schon seit Jahrhunderten weitergegeben. Es war so geheim, dass Fritz es zuhause in einem Versteck aufbewahrte, was nur er kannte.

„Komm, wir fragen Fritz, was er dazu sagt", schlug Sina vor. „Ja, aber vielleicht ist es ja das Geheimrezept aus München, von dem der Mann eben gesprochen hat", erwiderte Melanie. „Wir fragen Fritz trotzdem", entschied Sina.

Fritz stand immer noch an dem Platz, an dem seine Bude gestanden hatte. Er hatte seinen Rucksack neben sich stehen und suchte nach dem Schlüssel für das Schloss, mit welchem er seinen

Weihnachtsmarktstand immer abschloss, doch er fand ihn nicht. „Das darf doch nicht wahr sein!" rief er. Tatsächlich schien der Schlüssel verschwunden zu sein. Dabei war er sich doch sicher gewesen, dass er am Tag zuvor abgeschlossen hatte. Oder hatte er etwa doch nicht abgeschlossen? War es nicht so gewesen, dass die dunkle Gestalt wieder um seine Bude herumgeschlichen war und er beschlossen hatte, ihr zu folgen.

Doch in dem dichten Gedränge auf dem Weihnachtsmarkt war ihm das nicht gelungen. Anschließend war er zu seiner Bude gegangen und sie war verschlossen. Es war jemand anders gewesen, das wurde ihm jetzt klar. Leider trug er ausgerechnet an diesem Tag den Schlüssel nicht in seiner Hosentasche, weil er eine Hose anhatte, bei der die Taschen so klein waren, dass er immer alles verlor, was er dort hineinsteckte. Ja, so musste es gewesen sein.

„Mir fällt etwas Wichtiges ein", rief Fritz plötzlich laut. „Am ersten Tag des Weihnachtsmarktes kam ein Mann vorbei, der sich als ,Wilfried Meyer' vorstellte. Er erzählte, dass er dieses Jahr zum zweiten Mal auf diesem Weihnachtsmarkt sei. „Wie ich sehe, gibt es bei Ihnen auch Mandeln. Na, ja, dann schauen wir mal, welche besser sind. Ich hab da ein paar alte, geheime Rezepte aufgestöbert, die Sie wahrscheinlich gar nicht kennen. Aber man will ja auch einen guten Umsatz machen, gell."

„Diesen Mann fand ich irgendwie seltsam, hab mir aber nichts dabei gedacht. Und er war auch nie mehr hier an meinem Stand", überlegte Fritz.

„Kann es sein, dass er etwas mit dem Verschwinden deiner Bude zu tun hat?" fragte Melanie. „Wir haben nämlich bei ihm Vanille-Mandeln gesehen und ein Schild, das wie das Schild aussah, welches normalerweise immer bei dir steht. ‚Vanille-Mandeln nach uraltem Geheimrezept'. Aber vorhin erzählte er den Leuten an seinem Stand, dass seine Mandeln nach einem alten Münchener Geheimrezept hergestellt werden." „Nein, das darf nicht wahr sein!" rief Fritz.

Dann bekam er einen Schreck: „Mensch, gestern hatte ich ja das Rezept bei mir, weil ich es jemandem zeigen wollte, der dann gar nicht kam. Er hatte mir erzählt, er sei Journalist und wolle einen Artikel über mich schreiben. Es lag in meiner Bude, mit all den anderen Sachen. Wahrscheinlich ist es für immer verschwunden."

„Ne, das glaube ich nicht", sagte Sina. Ich habe nämlich einen Verdacht. Klar, Sina hatte auch gelernt, man sollte nicht einfach jeden verdächtigen, auch nicht, wenn er unfreundlich zu Kindern ist. Aber irgendwie hatte sie jetzt gerade das Gefühl, dass sie Max anrufen wollte und ihm vorschlagen wollte, dass der Stand von Mandel-Meyer durchsucht werden sollte. Vielleicht würde Max ja dort fündig werden.

Und so geschah es, dass Max und Charlie wieder anrückten. „Jetzt erzähl doch mal, Max, wer hat dir den Tipp gegeben?", fragte Charlie. War das Fritz, um von sich selbst abzulenken?" Doch Max schwieg. Er hatte Sina versprochen, Charlie nichts zu sagen.

Wilfried Meyer war gerade dabei, ein paar Vanille-Mandeln für einen Kunden in eine große Tüte einzufüllen, als Charlie und Max bei ihm aufkreuzten: „Polizei Hellenfeld", sagte Max. „Wir haben einen Durchsuchungsbefehl für Ihre Bude und Ihre Wohnung." „Was wollen Sie? Hauen Sie ab! Sie stören!" brüllte Willfried Meyer unwirsch. Doch leider half das alles nichts. „Bitte gehen Sie jetzt, diese Bude ist ab sofort geschlossen!" rief Max und drängte die Leute weg, bevor er das Absperrband anbrachte. Dann begannen die beiden, die Bude zu durchsuchen. Und tatsächlich, in der Geldkassette mit den Tageseinnahmen gab es ein Geheimfach, wo Max und Charlie das Rezept von Fritz fanden. Dadurch, dass hinten auf dem schon ziemlich vergilbten Zettel die Namen draufstanden, an die das Rezept weitergereicht werden sollte, von Fritz' Urururgroßvater bis hin zu Fritz, konnte der Zettel eindeutig als Fritz' Rezept identifiziert werden.

In einem Abstellraum der Bude fanden Charlie und Max auch Schilder aus Fritz' Bude.

Nur die Bude selbst blieb verschwunden, sie war wohl in alle Einzelteile zerlegt worden.

„Kommen Sie bitte, Herr Meyer, Sie sind überführt.", sagte Charlie. „So ein Mist, beinahe hätte es geklappt und ich hätte den besten Umsatz überhaupt auf einem Weihnachtsmarkt gemacht. Da wird man doch mal zu ungewöhnlichen Maßnahmen greifen können." „Das war's dann mit dem Weihnachtsmarkt für die nächsten Jahre. Sie bekommen keine Gewerbeerlaubnis mehr", sagte Max. Er war immer noch ein bisschen wütend, weil die Bude von Fritz unwiederbringlich zerstört war.

„Ich glaube, Charlie, du musst zu Fritz gehen und etwas wiedergutmachen", sagte er zu Charlie. „Schließlich hast du ihn verdächtigt, dass er seine Versicherung betrügen wollte." „Ja, hätte ja sein können", brummte Charlie. Er ärgerte sich darüber, dass er mit seinem Verdacht falsch gelegen hatte, und dass Max im nicht verraten wollte, woher er wusste, dass man bei Mandel-Meyer suchen musste.

Melanie und Sina hatten alles genau beobachtet und sich dabei gut versteckt. Emilie hatte ihnen Weihnachtswichtel-Mützchen aus Schweden geliehen, die sogar eine Maske hatten. So dachte jeder, sie wären Weihnachtswichtel und Charlie und Max konnten sie nicht erkennen, während sie am Stand gegenüber von Mandel-Meyer standen und einen alkoholfreien Punsch genossen.

„Was machen wir nur mit Fritz und seiner Bude?", fragte Sina. Melanie schloss die Augen und sprach mit Josephine. „Ach, lass dich mal überraschen …", kam die Antwort.

Wenig später kam auch Fritz zu Emilies Bude.

Emilie versorgte ihn mit japanischem Baumkuchen und Fritz hielt erleichtert das Geheimrezept in der Hand, welches Max ihm wiedergebracht hatte.

Dann hielt Emilie eine Rede: „Lieber Fritz, wir sind jetzt schon so lange gute Kollegen auf dem Weihnachtsmarkt, da habe ich mir gedacht, ich rufe zu einer Sammlung auf, so dass du nächstes Jahr wieder eine wunderschöne Bude haben kannst. Alle Weihnachtsmarktbudenbesitzer, außer ‚du weißt schon wer', haben mitgemacht und großzügig gespendet. Emilie zeigte Fritz das Körbchen mit dem Geld.

„Halt, ich möchte auch etwas spenden", rief eine Männerstimme. Charlie bog um die Ecke und wedelte mit einem Geldschein. „Ich muss mich bei Ihnen entschuldigen, Fritz, dafür, dass ich Sie verdächtigt habe", sagte er. „Ja, ich weiß schon. Das gehört halt zu Ihrem Job, in alle Richtungen zu denken", antwortete Fritz. „Mein Großvater war Polizist und ihm ist es auch mal so gegangen. Ist schon in Ordnung." Als er das Geld zählte, was alle gesammelt hatten, war er gerührt. Es reichte tatsächlich für eine neue Weihnachtsmarkt-Bude.

„Hier, für euch beide habe ich auch noch was", sagte Emilie. Sie holte zwei Weihnachtspäckchen unter der Ladentheke hervor. „Aber erst an Heiligabend aufmachen."

Oh, morgen ist es ja schon so weit", rief Melanie laut. Ja, morgen würden Sina und Melanie jede mit ihren Eltern unterm Weihnachtsbaum sitzen und es gab endlich die heißersehnten Geschenke. „Ja, und am ersten Feiertag treffen wir uns dann und erzählen uns, was wir bekommen haben." „Tschüs Emilie, tschüs, Fritz, tschüs, Weihnachtsmarkt, bis nächstes Jahr!" rief Sina fröhlich.

Danksagung

Dieses Buch wäre nie entstanden ohne die Menschen, die mich immer wieder ermutigt haben, Geschichten zu schreiben und diese als Buch zu veröffentlichen. Deshalb bedanke ich mich ganz herzlich bei meinen Eltern, bei Michael und meinen Schwestern Heidi und Julia, die sich jedes Jahr aufs Neue die Zeit genommen haben, meinen Geschichten zu lauschen. Ebenso bedanke ich mich bei meinen Nichten Leonie, Sophie und Linni, die so wunderbare Zuhörerinnen sind.

Ich bedanke mich bei Hannelore, die mir immer Mut gemacht hat, meinen Weg zu gehen und die eine der Geschichten im Literaturkreis vorgelesen hat. Ebenso bedanke ich mich bei Monika und Günter.

Außerdem bedanke ich mich bei Diana, ohne deren Idee mit dem Weihnachtsgeschichten-Schreibworkshop vermutlich keine dieser Geschichten existieren würde. Auch meine Freundin Uschi hat viel dazu beigetragen, dass ich mit dem Schreiben drangeblieben bin. Dirk danke ich für das wunderbare Lektorat. Und ich bedanke mich bei Raimund, der mich immer wieder daran erinnert hat, dass ich dieses Buch verwirkliche und der nicht locker ließ, wenn mich mal wieder der Mut verließ.

Die Autorin

Anne-Kerstin Busch hat schon als Kind gerne Geschichten geschrieben. Sie liebt es, ihre Fantasie spielen zu lassen und diese mit Worten auszudrücken.

© Rosel Grassmann

Seit zehn Jahren berät sie Selbstständige und Privatpersonen beim Schreiben ihrer Texte. Dabei vermittelt sie eine besondere Schreibmethode, das intuitive Schreiben. Durch das intuitive Schreiben kann jeder seine persönliche Schreibstimme entdecken und so, in Verbindung mit dem nötigen Schreibhandwerk, ganz individuelle, einzigartige Texte entstehen lassen. Auch ihre eigenen Geschichten entstehen auf diese Art und Weise.

Sie studierte Musikwissenschaft, Philosophie und Buchwissenschaft an der Johannes Gutenberg-Universität in Mainz und arbeitet seit über 10 Jahren als Redakteurin für die Untertitelung für Hörgeschädigte bei einem großen Fernsehsender. Seit fünf Jahren bloggt sie regelmäßig auf verschiedenen Blogs.

Mehr im Internet: www.anne-kerstin-busch.com

Wenn wir schreiben, entfalten wir uns selbst. Wir stärken unsere Kreativität und beflügeln unsere Fantasie. Schreiben bringt Erleichterung in schwierigen Zeiten und hilft uns, neue Wege zu entdecken, um glücklich zu werden.

- Anne-Kerstin Busch

Bonustrack: Schreibinspirationen

Für alle, die jetzt sagen: „Ich möchte gerne selbst Geschichten schreiben", gibt es hier ein paar Tipps für den Einstieg.

- ✓ **Schreib dich frei!** Nimm ein Blatt Papier und schreibe einfach drauflos, um in den Schreibfluss zu kommen.
- ✓ **Dein innerer Schreibraum:** Schließe die Augen, entspanne dich und stell dir vor, du gehst in deinen inneren Schreibraum. Wie sieht es dort aus? Wie fühlst du dich dort? Was nimmst du dort wahr?
- ✓ **Ideen finden:** Geh nach draußen, lass dich von dem inspirieren, was du wahrnimmst.
- ✓ **Kernaussage:** Bevor du deine Geschichte aufschreibst, überlege dir, was du mit ihr sagen möchtest.
- ✓ **Spannende Charaktere:** Überlege dir, wer in deiner Geschichte mitspielen soll. Wie sollen die Menschen, Tiere, etc. sein, die das zeigen, was du erzählen willst? Was sollen sie können? Auf welchen Gebieten können sie noch etwas lernen? Schreib kurze Biografien für sie. Stell dir vor, du triffst sie in einem Café, und sie erzählen dir etwas über sich und das, was ihnen wichtig ist.